契約婚した相手が鬼宰相でしたが、この度宰相室専任補佐官に任命された地味文官（変装中）は私です。2

月白セブン

JN166863

24350

角川ビーンズ文庫

Contents

契約婚した相手が鬼宰相でしたが、
この度宰相室専任補佐官に任命された
地味文官（変装中）は私です。
2
パトリック・
レオン・バスティーユ
『鬼の宰相パトリック』と恐れられる公爵。クリスティーヌに偽装結婚を持ちかける
クリスティーヌ・
シャルロット・バスティーユ
文官として働くのが夢。国内にはびこる恋愛至上主義に辟易している

Characters

クロード王太子

スラン王国王位継承権第一位の王太子。レオンの幼馴染

アルノー第二王子

クロードの弟。キメ顔と決めポーズの研究に余念がない

～宰相補佐室の人々～

アイリーン

宰相補佐室の課長。クリスティーヌの有能さを買っている

ステファン

クリスティーヌの先輩。補佐室の主と呼ばれるほどのワーカホリック

～バスティーユ公爵家の人々～

アルバート

公爵家の老執事。レオンの“ある変化”を嬉しく見守る

ターニャ

クリスティーヌの専任侍女。多忙すぎる女主人を日々支えている

本文イラスト／鶏にく

プロローグ　SIDEクロード

――パトリックがクリスティーヌと出会う数日前。

いつものように夜の執務室《しつむ》で書類と向き合っているとき、クロードはふと書類から目を上げ、パトリックに言った。

『パトリック。母上の愛人、また替《か》わったようなんだよね。連日【ナイト・ルミエール】に来てるみたいだからちょっと見に行こうよ』

『まったく興味などないし、そんな暇《ひま》もない。この書類の山が見えないのか。……それに面倒《めんどう》だろ、あしらうの』

仕事以外で、特に女性から声をかけられることを彼は嫌《きら》う。若いころから突出《とっしゅつ》した美形の上、公爵家《こうしゃく》という身分もあり、パトリックはよくモテた。けれど、そのことに心底辟易《へきえき》しているのが、パトリック・レオン・バスティーユという男だ。

クロードの、王太子という身分になると、逆に恐《おそ》れ多く感じるのか、声をかけてくる人が少し減る。

『いや、ちょっと考えてることがあってね。付き合ってもらわないと困る』

嫌《いや》がるパトリックを『これも仕事だから……命令』とむりやり連れ出した先で見たのは、現王妃《おうひ》でありクロードの母の、愛人の男。

優《やさ》しげな顔立ちに一見誠実そうに見える立ち居振《ふ》る舞《ま》いだが、彼が実は遊び人であることを母はまだ知らないようだ。母は真に誠実である男が好みなようだから。だがあの男はダメだ。詰《つ》めが甘い。すぐに本性《ほんしょう》を出すことだろう。

母は、他《ほか》の女に誠実である男に魅力《みりょく》を感じるようだ。それを強引《ごういん》に奪《うば》い取り、自分にも誠実であって欲しいと願う。権力を使い、奪っておきながら。

ようやく最近このことが分かり、これは利用出来るのではないかと、ふと思った。聞く耳を持たずの父からではなく母から、この国を変えるための一石を投じることが出来るのではないか、と。

そう思って【ナイト・ルミエール】にパトリックを連れ出したが……彼はそこで現在の妻であるクリスティーヌと出会った。パトリックのことだから、互《たが》いの利になる契約《けいやく》でもしたのだろう。そう思っていたら……三年が経過したのち、気付けばこの夫婦《ふうふ》は同じ職場となり、そして距離《きょり》を縮めていった。

母を攻略《こうりゃく》することに関しては、宰相補佐《さいしょうほさ》室の課長であるアイリーンの兄・ローレンに協力してもらった。

プレイボーイであったローレンは、母のためにすべての女性と関係を断《た》ち切るという究極の技《わざ》を母に見せつけた。

『真実の愛を見つけたんだ。こんなに愛した人は……いないんだ』

大勢の中からただ一人の女として選ばれたと思った母は、あっという間にローレンに陥《かん》落《らく》。

父には不安感を煽《あお》る言葉を定期的に与《あた》え、時間はかかったものの、なんとかこの長きにわたった事態の収拾が、法改正という形で決着がついたように思えた。

——そして現在、父である国王と母である王妃は、それぞれ別の離宮《りきゅう》に静養という名で軟禁《なんきん》されている。大人しく過ごしているようだ。いや、過ごさざるを得ないというべきか。

元々国王は政務にほとんどかかわっていなかったため、今まで通りクロードが国王代理をしている。

今回の騒動《そうどう》は、三十年以上前の父の婚約破棄《こんやくはき》騒動に起因していたわけだが……気になっていることはまだある。

父が婚約破棄をしたフォンタナ元宰相の娘《むすめ》、ジュリエッタのその後だ。

彼女は我がスラン王国と国交がない神秘の国・エルドリア神聖国に嫁《とつ》いだことは分かっている。けれど、どの身分の相手に嫁いだのか、その後どうなったのか、一切《いっさい》の情報がない。

「パトリック……僕がジュリエッタ様に謝罪するのはおかしいかな？」

「……公に謝罪するのは無理だろう。契約不履行《ふりこう》による賠償責任《ばいしょう》が発生するようになったとはいえ、国民感情の都合上さかのぼっての賠償はしないことに決めたわけだし」

父と母の不始末により、最初に濡《ぬ》れ衣《ぎぬ》を着せられ、ひどく傷つけられた人だ。両親のしたこととはいえ、謝罪の機会があれば……と思ったのだが。

「とはいえ、個人としてなら……構わないのではないか？　こちらの自己満足のための謝罪をすべきかどうかは不明だが」

「相変わらず辛辣《しんらつ》」

「まぁそもそも会えない。今はどこにいるんだ」

「エルドリア神聖国じゃないの？」

「実際のところ、入国した後のことは分かっていない。あの国はほとんどの国と国交を結んでいないから。国外にいようともあの国に入った時点で、その後の動向を調べることは不可能だ。そこからさらに国外に飛んでいる可能性も高いのではないか？　ジュリエッタという名は多くあるし、自分からスラン王国出身であることを名乗っていない限りは、な」

今までエルドリア神聖国に書簡を送ったことはあるが、どれも返答なしだった。

「じゃあ俺は帰る」

さっさと片付け、パトリックは足早に部屋を出て行った。

準文官を配置し、さまざまな改革をおこなった今、軌道《きどう》に乗り随分余裕《ずいぶんよゆう》が生まれたようだ。早く愛妻のもとに帰りたいのだろう。

完全に公私を分けたあの夫婦が、仕事をする上で夫婦だと分かるような行為《こうい》は一切ない。仕事上は徹底《てってい》して上司と部下だ。

けれど――。

パトリックが去っていった執務室で、クロードは引き出しを開き、一枚の紙を取り出した。

「これ、どうしようかな」

とある長官から渡《わた》された上申書。細部までゆっくりと目を通したクロードは頭の後ろで腕《うで》を組み、深くため息をついた。

――コンコンコン。

ちょうどその時扉《とびら》をノックする音がし、慌《あわ》てて紙を引き出しにしまいこんだ。

その後入ってきた側近は、銀のトレイの上に一通の手紙を載《の》せていた。

「――王太子殿下《でんか》。エルドリア神聖国より書簡が届きました」

先ほど口にしたばかりの国名に、クロードは目を大きく見開いた。

第一章

疑惑と監視

まだほんの少し暗い時間から小鳥がさえずる声がする。

身じろぎをしようとした私は、自分の身体《からだ》ががんじがらめにされ、ほとんど動かせないことに気付く。温かい。

そのぬくもりの正体は……もちろんレオン様だ。

寝室《しんしつ》の広いベッドの中央で、やんわりと彼に抱《だ》きしめられながら寝《ね》ていた。ほぼ通常スタイルである。

そっと顔を上げた。美しい顔にまだセットされていない銀色の髪《かみ》がかかっている。銀色の長い睫毛《まつげ》は閉じられた目を縁取《ふちど》り、影《かげ》を落としていた。

髪が邪魔《じゃま》ではなかろうか、と彼の顔にかかった髪にそっと手を添《そ》えたところ……抱きしめられている腕に力がこもった。

「なんだ？　いたずらか？」

「ち、違《ちが》います。髪がかかってたから……」

動揺《どうよう》する私に唇《くちびる》の端《はし》をつり上げた彼は、私の額に、頬《ほお》に、啄《ついば》むようなキスをし始めた。

いまだに不意打ちのこういった行為には慣れることがなく、いつも顔が熱くなる。

もちろん嫌なわけではない。

けれど、心を通わせあったレオン様はこんなに甘いのかと、毎日のように私はドキドキしている。

そして私がそうやって動揺している姿を、レオン様は楽しんでいるようだ。


──身支度《みじたく》を終え、仕事に行く前。

私たちは部屋の中で思いっきり抱擁《ほうよう》する。

ここから一歩出たら、私たちの間に接触《せっしょく》はない。一退室一抱擁だって、今はない。

「……放しがたいな」

「放れがたいですね」

クスクスと笑いながら、ギュッと彼の背中に回した腕に力を込める。最後に口づけをすれば、もうおしまい。

「さあ、行くか」

「行きましょう」

表情を引き締《し》め、部屋を出た。

別々の馬車に乗り込んだ私たちは、職場である王宮へ向かう。

レオン様は毎朝最初にクロード殿下の部屋に直接向かう。私は宰相補佐室《さいしょうほさ》に顔を出したあとで宰相室に入った。

しばらくしてから、宰相室の扉をノックする音があった。

――コンココ、ココココン。

特徴的《とくちょう》な扉の叩《たた》き方。

入ってきたのは、くすんだ金髪《きんぱつ》をきっちりとセットした男性。かなりの無表情なため一見地味にも見えるが、よく見ると整った顔立ちをしている。

「ミュラー補佐官、おはようございます」

「ヴィクトルさん。おはようございます。今日もよろしくお願いします」

金髪の彼・ヴィクトルさんは、総務省長官の下で働いていた人であり――現在、宰相室の手伝いをしている。

私の机の対面に、彼専用の机が運び込まれた。

彼がここで手伝いをすることになった経緯《けいい》は話せば長……いや、長くはない。

――レオン様と仲の悪い総務省のパスカル長官に私たちが夫婦であることが発覚し、贔《ひい》屓《き》をしているのではないか、という話がクロード殿下に進言された。

そしてその結果……監視、いや調査としてパスカル長官直属のヴィクトルさんが一か月、この部屋の手伝いをすることになったのだ。

確かに、一退室一抱擁は時間としては三秒ではあるが、公私混同をしていたと言われればその通りだろう。その辺の不満はない。

けれど——。

「昨日の会議の際、宰相閣下と三秒以上目を合わせていたのは公私混同ではないですか」

「……ヴィクトルさんも会議に参加されていたのでご存じかと思いますが、あれは職員からの質問に対して、把握《はあく》しているかどうか、どちらが説明をするかの判断をアイコンタクトにてやり取りしていただけですが」

「そうですか。紛《まぎ》らわしいので気を付けてください」

はい、気を付けます、の意味を込め、張り付けたような笑《え》みを浮《う》かべた私。

——お分かりだろうか。

三秒以上目を合わせると、そのことについて説明を求められる。

そんなことをしている暇《ひま》があるのなら、書類を片付けるのを手伝ってほしい。

もちろんこの宰相室にいる以上、ボーッとしていることなどレオン様が許すはずがなく、彼にも仕事が与《あた》えられているのだが、彼の元々の仕事とは種類が違いすぎて、こちらの仕事の軽減にはなっていない。彼の分の仕事をわざわざ用意する時間もかかり、余計時間がかかっているのではないだろうかと思えるほどだ。

——疲《つか》れる。

部屋の空気も、ズンと重たく濁《にご》っているような。酸素が薄《うす》く息苦しいような。

そんな居心地《いごこち》の悪さを感じている。けれど居心地が悪いからといって仕事が減るわけでもないし、変わらず励《はげ》むしかない。

もちろん、私が宰相室専任補佐官から以前の宰相補佐室に異動する案も出たが、代わりの補佐官を、と言うと誰《だれ》も名乗り出なかった。

『無理です』

『絶対ムリです』

『いやいやいや……っ！　ほんと、勘弁《かんべん》してくださいっ。ミュラー以外の人は無理でしょう!?』

これがアイリーン課長が専任補佐官の立候補を募《つの》ったときの、補佐室の人たちの反応である。おとぎ話に出てくる魔王《まおう》に対峙《たいじ》した、怯《おび》える村人のようだった……と課長は遠い目をしながら語った。

専任補佐官の重要性はいつの間にか周囲から認められていて、専任補佐官が不在という選択肢《せんたくし》はすでにない。

私が来るまで、宰相であるレオン様に負担がかかりすぎていたというのは、誰もが認めるところのようだ。

それに関しては私もホッとしている。また専任補佐官がいなくなり、レオン様が無理をしてしまうのではないかという心配は払《ふっ》しょくされたから。

とはいえ、代わりの専任補佐官に名乗り出る者がいなかった結果が、調査としてヴィクトルさんを受け入れるという現在の状況《じょうきょう》。

『総務省のパスカル長官はねぇ……宰相閣下のこと敵視してるから』

立候補が空振《からぶ》りになった報告を私にしたあと、アイリーン課長が呟《つぶや》いた。

『お二人はなにがあって仲たがいを？』

『んー……シャルが入る前に、大規模な人事改革があったでしょ？　不正や横領していた人を罷免《ひめん》・更迭《こうてつ》しまくったやつ。それで一番周りから人がいなくなったのが、パスカル長官。調べ上げた証拠《しょうこ》があったから濡《ぬ》れ衣《ぎぬ》だとは思っていないでしょうけど、まぁそれでも部下を一気に失った怒《いか》りの矛先《ほこさき》が宰相閣下だったという話ね。宰相閣下も涼《すず》しい顔して躱《かわ》すし、時には反撃《はんげき》もするから余計に怒《おこ》らせる、といったところかしら。まぁ、パスカル長官は宰相閣下の粗《あら》さがしをしたいのよ』

なるほど。仲間が処罰《しょばつ》された理由は理解しているけれど、気持ちとしては受け入れておらず反発し、そしてそれを煽《あお》るレオン様か。

……私は微笑《びしょう》を浮かべただけで何も言えなかった。

くだらない、なんてことは別に思って……ない。人とのトラブルの原因とは、存外些細《ささい》なものだったりするのだし。

とは思いつつも、アイリーン課長の隣《となり》で小さなため息が出たのだった。

ちなみに、表向きは「夫婦《ふうふ》だから調査」というのは当然伏《ふ》せられていて、「総務省から勉強を兼《か》ねた一時的な手伝い」である。

そんなこんなでヴィクトルさんが宰相室に来て、早一週間が経過。

あと三週間の辛抱《しんぼう》。

レオン様が足早に宰相室に入る。席に荷物を置きながら、レオン様はサラッと言った。

「あとから補佐室にも伝えるが、エルドリア神聖国から使節団が来るぞ」

「はい、承知し……え!?　エルドリア!?　あの神秘の国の、ですか？」

驚《おどろ》きのあまり、声が上擦《うわず》ってしまった。

エルドリア神聖国と言えば、我が国はもちろん、他国ともほとんど国交を結んでこなかった国。単一宗教国家であり、特殊《とくしゅ》な力を持っている人が多くいるという噂《うわさ》も聞いたことがあるが、すべて噂の域を出ない。外部からの入国すら、ほとんど出来ないはずだ。

神秘的で清らかなイメージを持っている人は多いだろう。

そんな国がなぜいきなり、である。

どうやら少し前に書簡が届き、クロード殿下《でんか》がやり取りしていたのだそうだ。

「ミュラーは旧タリア語が出来ると把握しているが」

「タリア語の変形なので理屈《りくつ》は分かりますが、実際に話したことはありません」

エルドリア神聖国付近の国で使われる言語はタリア語という。その中でも神聖国のみ、旧タリア語を使うと聞いている。

「それで構わない。他《ほか》にも言語に精通している者を使節団対応チームとして集めるつもりだ。ミュラーも入ることになるだろう。今のうちに準備しておくように」

「何名ほどでチームを編成しますか？　先方の人数は決定済みでしょうか」

「まだ検討中だが――」

「……ちょっとよろしいですか」

テンポよく会話していたところに、ヴィクトルさんが会話に入ってきた。

「ミュラー補佐官は実際に使ったことがない言語なのに、チームに加わるのですか？　それは別の意図があると見られても」

おかしくないのでは？　と言いたかったのだろうが、レオン様が彼を一瞥《いちべつ》して早口で言った。

「――ではお前は旧タリア語が使えるのか？　エルドリア神聖国でしか使われていない旧タリア語を実際に使ったことがある人物がいるのであれば、今すぐここに連れて来い。神秘の国は基本的に入国を禁じている。言語学の教授でも現地で使ったことはないだろう。お前もタリア語だけでも流ちょうに使えるのであればチームに推薦《すいせん》しても構わない」

ヴィクトルさんは「……いえ、使えません」と肩《かた》をすぼめて言った。

「パスカル長官に報告するのは構わない。だがくだらない質問で私たちの時間を奪《うば》うな。そんなにこの仕事は暇に見えるのか」

「……申し訳ありませんでした」

「理解してくれたのなら構わない。ミュラー。先ほどの話だが――」

叱責《しっせき》され、唇《くちびる》を引き結ぶヴィクトルさんを見ていると、なんとも言えない気持ちになった。

きっと彼は、パスカル長官に命じられた仕事を忠実にこなしているだけなのだろう。

「粗をさがせ」という命を。

最初こそ、意気《いき》揚々《ようよう》と粗さがしに来ているのだろうと思っていたが、そうではなさそうなのだ。

なぜそう思うのかというと……彼はここ数日顔をしかめ、胃を押さえているから。

胃痛があるのではないだろうか。

胃痛専門家（？）のステファン室長おすすめ胃薬を紹介《しょうかい》したいが、「胃が痛い」と実際に聞いたわけではないので、勝手に推薦するのもためらっている。

総務省に赴《おもむ》いた折にヴィクトルさんの話が出たが、彼は優《やさ》しく人当たりの良い人なのだそうだ。ということは、最初から無表情だったのは、もしかしてなれ合わないための演技なのかもしれない。

仕事のために冷たい演技すらして、それを指摘《してき》しなければならないのだとすれば、なんと辛《つら》い立場なのだろうか。

その立場を想像するだけで、胃のあたりがキュッと締《し》め付けられるような気がしてくる。

上司の命令とは、納得《なっとく》がいかないことだろうとも、多くの場合で絶対厳守なのだから胃も悪くなるだろう。

——そうだ。ステファン室長から直接胃薬をおすすめしてもらおう。確か同期だったはずだ。

ヴィクトルさんは、総務省内では主任だ。ふとこの年代の胃痛の多さに気づき、中間管理職の苦労をなんとなく感じてしまった。


朝、宰相室《さいしょう》に入ると、今日はヴィクトルさんが先に来ていた。

いつもよりかなり早いと思う。

「おはようございます」

「おはようございます、ミュラー補佐官《ほさ》。あの……ステファン室長から薬をいただきました——あなたが心配していたと聞きまして」

ヴィクトルさんは、バツが悪そうな表情をしながら俯《うつむ》いた。

ステファン室長には私が言っていたとは言わないでと伝えたのに、なぜか伝わってしまったようだ。

「ああ……えっと、余計なマネをしてしまい、気分を害してしまったのなら申し訳ありません」

「いえ。ありがとうございます。薬、非常によく効きました」

さすがステファン室長の常備薬。

効いたことに安堵《あんど》して、自然と頬《ほお》が緩《ゆる》んだ。

これであの心底痛そうな表情が少しは緩和《かんわ》されればいいのだけれど。

「それは良かったです！　ステファン室長がいつも『色々試したがこれが一番効く』と言っていたので」

「……よく胃が悪いの、気づきましたね」

――誰《だれ》でも気づくと思いますよ。

あんなに顔をしかめて胃を押さえているのだから。

「……大変なお仕事ですね」

苦笑いしながら言うと、彼はきょとんとした後、ふはっと笑った。

ヴィクトルさんのこれまでの張りつめた空気が、このとき緩んだ気がした。

「それはお互《たが》い、ですね」

明らかに私たちは上司たちの仲たがいに巻き込まれているだけだ。けれど、ボスのバトルにひよこたちがあれこれ言うことなど出来るはずもない。

私たちはお互い顔を見合わせ、もう一度苦笑《くしょう》した。

その直後にヴィクトルさんは長いため息をつく。

魂《たましい》が出てきそうなほどのため息だった。

この日から、私たち巻き込まれ組は少しだけ打ち解けた。


——エルドリア神聖国の目的は、なんなのだろうか。

「名目上は外交構築のための使節団だが……エルドリア神聖国の近隣《きんりん》国は、専門性に優《すぐ》れた国も多い。そこと外交関係を結んだとも聞かないし、使節団が来たとも聞かない」

「他国になくて、離《はな》れた我が国にあるもの……ということでしょうか？」

ステファン室長が顎《あご》に手を当てながら言った。

「そんなのある？　……軍事力？」

アイリーン課長が書類をめくりながら、眉《まゆ》をひそめた。

我が国とエルドリア神聖国は、間に他国を挟《はさ》んでいる。お互い海に面しているため、ぐるりと船で回ることも可能……ではある。けれど諸事情から時間を要するため、敬遠されがちだ。

アイリーン課長の言った軍事力も、確かに我が国は強い部類ではある、と言われている。不確定なのは、この数十年、我が国も周辺地域も大きな争いがないからに他ならない。一番近い戦争は、聖石をめぐっての争いだったと歴史は語る。

使節団対応チームはレオン様を筆頭に、貿易省から長官含《ふく》め八名。宰相補佐室からアイリーン課長、ロイさん、監査室《かんさ》からステファン室長。地域課から人の顔を記憶《きおく》するのが大変得意なジャックさんと他二名。

もちろん、タリア語に精通しているからこその人選だ。

地域課は国内観光地を選定するのに活躍《かつやく》してもらう予定。その他、予算のために財政省から数名。雑務のため、ヴィクトルさんも総務省からということで仲間入り。そして私。

もちろん今のは主要メンバーだ。今回の使節団への対応は最重要事項《じこう》であるため、補佐をする人や手伝う人は大量にいる。

……が先ほどの主要メンバーは、もう一人いる。

「何を言う！　我が国には素晴《すば》らしいものがあるではないか！　それは……俺！」

顔の前で手を複雑にシュピンとさせた黒髪《くろかみ》の男性は、もちろんアルノー殿下《でんか》である。

なぜアルノー殿下が……と思うだろうが、実は誰よりも旧タリア語に精通していたし、エルドリア神聖国についても詳《くわ》しかった。

当然みんな驚《おどろ》いた。

殿下は神聖国に関する文献《ぶんけん》は大体読破しているし、それ以外も詳しいという。というのも、幼少期から思春期にかけてアルノー殿下に仕えていた年配の侍女《じじょ》が、エルドリア神聖国の出身だったらしい。

ということで、アルノー殿下は……顧問《こもん》。

今の時点では、アルノー殿下は私たちの言語指導やエルドリア神聖国の知られざるマナーについて、教えてくれる予定。


——対応チームが稼働《かどう》し、日々忙《いそが》しく業務を続ける。

今日はレオン様や貿易省の長官は別の会議に出席中だが、それ以外のほとんどの者が今会議室でアルノー殿下の授業を受けているところである。

聖王と呼ばれる王を頂点としたエルドリア神聖国の中で、王族は神と同意として扱《あつか》われるらしく、国外に出ることはない。

なので、気にしなければならないのはそれ以外だ。

「かの国で一番神聖視されているのが、頭だ。他人の頭に触《ふ》れるのは、夫婦《ふうふ》や家族などのごく近しい間柄《あいだがら》のみ。それに触れるというのは最大の侮辱《ぶじょく》に値《あたい》する」

「頭に飾《かざ》りをつけているというのは聞いたことがありますが……」

アイリーン課長がポソッと呟《つぶや》くと、アルノー殿下はそれを拾う。

「ああ、それはフィラロスという頭を飾る紐《ひも》だ。男性は左、女性は右側にタッセルのような飾りがついているらしい。それも決して触れてはならない」

「では、お世話は同行した人に任せた方が無難でしょうか？」

雑用・手配を任されるヴィクトルさんにとって、重要なことだ。

使用人たちの采配《さいはい》は彼が提案することになっているから。

「そうだな。本人たちに触れることがないような掃除《そうじ》や食事などはもちろんこちらでやるべきだが、頭以外にも極力触れないように、身の回りの世話は任せた方がこちらの身のためでもあるだろう」

私たちはアルノー殿下の講義に聞き入っていた。

これほど彼が自分以外のことに対して流ちょうに、分かりやすく話しているのを初めて聞いた。私にとってはいつもふざけていて、何を考えているのか分からないイメージでしかないから。

それは私だけではなく、他《ほか》のみんなも同じ思いだったようで、全員目を丸くしている。

そんな視線に気づいたのか、アルノー殿下は私たちを見て顎をクイッと上げた。

「――ははっ！　そのように熱い視線で一同俺を見て……俺の魅力《みりょく》にようやく気付いたか！　そう、天にいくつもの才能を与《あた》えられた男――それが俺っ！」

その場でくるりと一回転し、あらぬところを見ながら手をシュピンとさせ、ポーズを決めた。

ああ、いつも通りの殿下に戻《もど》った……と安堵したのはなぜだろう。

ちなみに、アルノー殿下と少し前に初めて会った地域課のジャックさんともう一人は、最初こそ唖然《あぜん》としていたが、すぐに慣れたようだった。

聖人のような慈愛《じあい》に満ちた微笑《ほほえ》みで、アルノー殿下を見ている。……皆《みな》。

これでこそアルノー殿下だ、という生温い空気が会議室に広がっていた。


燃えるような夕焼けが、宰相《さいしょう》室の窓の外に広がっていた。

ヴィクトルさんはまた胃が痛むようで、顔をしかめながら胃薬を飲んでいる。

胃薬はどうやら、痛みを抑《おさ》える効果はあるようだけど、結局のところ根本的な原因をなくさない限り胃痛が消えることはないようだ。

……まぁ当然だった。

彼とは朝二人の時や夕刻のレオン様がいない時などに、総務省の話をたまに聞いたり、補佐室の話をしたりする仲にはなったと思う。

数日前に彼は、「パスカル長官を尊敬しているんです」と言った。

一から丁寧《ていねい》に育ててくれ、何度も助けられたのだと。

そう言った彼はほんの少し口角を緩《ゆる》めたが……その後黙《だま》り込み、唇《くちびる》をギュッと結ぶ。

そしてまたしても胃を押さえた。

――パスカル長官はレオン様以外のことに関しては誠実なお方のようだが……今のヴィクトルさんの状況《じょうきょう》を見ると気持ちが沈《しず》む。

尊敬する上司から、人の粗《あら》さがしをして来いと言われているわけだ。

そしてヴィクトルさんは、本来そういうのが得意なタイプではなかったのだろう。多大なストレスを感じているのが手に取るように分かる。

最初こそ私とレオン様の言動に口出ししてきたが、最近はそんなこともない。けれど、パスカル長官への日々の報告で「もっと注意深く探せ！」と言われているだろうことは、彼の様子を見るだけで明らかだ。

板挟《いたばさ》みに苦しむヴィクトルさんの様子を見てしまうと、切なくなってしまう。

この気持ちは、同情や憐《あわ》れみと呼ばれるのだろうか？

何かできることはないだろうか、と思ってしまうが、私にできることなど何もなくて。

ヴィクトルさんに無理難題を吹《ふ》っ掛《か》けている（ように見える）パスカル長官に対し、ちょっとした怒《いか》りも湧《わ》いてくる。

パスカル長官には先日『食事中に間違《まちが》って頰《ほ》っぺたの内側を嚙《か》み、治りかけたころにまた嚙む呪《のろ》い』をかけてみた。

遠隔《えんかく》で。直接会話したことはあまりないから。

……私の呪い、一度でも効いたことはあるのだろうか？

レオン様は最近長官級のみの会議や、クロード殿下との打ち合わせが非常に多い。エルドリア神聖国の使節団に伴《ともな》う話し合いだそうだ。

私は同席できないことも多々あり、今もレオン様は宰相室にいない。

「ミュラー補佐官《ほさ》……少し相談してもよろしいですか？」

胃薬が効いてきたのか、ヴィクトルさんは書類を手に持ち、私の席までやってきた。

「はい、なんでしょう？」

彼の手元の書類を見るべく立ち上がると、やたらと細かい字でぎっしりと書き連ねられたその書類に思わず目を細め、意味もなく私は眼鏡《めがね》をクイッと持ち上げた。

度が入っているわけではないというのに、つい。

レオン様が頻繁《ひんぱん》にやっている行為《こうい》だからか、うつってしまったのかもしれない。

私はレオン様のあの仕草が結構好き。

「先方は質素で構わないので城に滞在《たいざい》を、と言っているのですが、やはり人数も人数ですし、迎賓館《げいひんかん》に滞在してもらうよう宰相閣下に提言しようと思うのですが……」

「ああ……城で、と言われても困りますよね。私も迎賓館が良いと思います」

エルドリア神聖国は、我がスラン王国からかなりの距離《きより》がある。けれど今現在、頻繁に書簡のやり取りができている。

最初こそ手紙は馬で届けられたが、それ以降は――鳥だ。

初回の手紙に同封《どうふう》されていたのは、小さな緑の聖石がついた聖導具。

エルドリア神聖国の国鳥・アプセニスと呼ばれる青い鳥は、その聖導具がある場所までまっすぐに飛ぶらしい。

さらにアプセニスはさまざまな聖導具の効果により、速度・体力なども飛躍《ひやく》的に向上していると聞く。私はまだ見たことがないが。

レオン様曰《いわ》く『……見ると驚く』とのこと。よっぽど面妖《めんよう》な鳥なのか、と思ったけれど、そうではなさそうだ。詳しくは『まぁいつか見れば分かる』と教えてくれなかった。

このアプセニスにより互《たが》いの国との連絡《れんらく》が容易《たやす》くなっている。

我が国とてテルニアがあれば、離《はな》れたところでも瞬時《しゅんじ》に連絡を取ることは可能だが、さすがに国をまたいで連絡が取れる機能はまだない。

国同士の連絡としては完全に国鳥・アプセニスに負けている。

そのことに、我が国の聖導具士であるコンさんたちは悔《くや》しがっていた。そもそも生物の能力向上に聖導具を使用するという概念《がいねん》自体が、存在していなかったから。

そして使節団はなんと、船で来るという。

我が国と神聖国の間の海峡《かいきょう》には、複雑な海流が入り交じった危険な場所があるため、まさか船で来るとは思わなかった。通常は迂回《うかい》する必要があり、かなりの時間を要するのだが……神聖国は船に聖導具を利用することにより、問題なくその海域を航行できるのだという。

聖導具に使われる聖石は産出量が少ないからこそ、貴重で高価だ。

――やり取りすればするほど、エルドリア神聖国は聖導具を多用しているように思う。

ヴィクトルさんが来てからもうすぐ一か月。あと数日で総務省に戻る。

彼はこのエルドリア神聖国に関する仕事に関しては目を輝《かがや》かせているが、反面、パスカル長官に私たちのことを報告しなければならない夕刻になると、鼻筋に皺《しわ》を寄せ、胃を押さえる。

すでに夕刻だからこそ、先ほど胃薬を飲んだのだろう。

「では迎賓館を主体としてもう一度話を――……っ!?」

そう話していたヴィクトルさんが、いきなり言葉を詰《つ》まらせた。

どうしたのかと顔を上げると、彼は目を大きく見開き、グッと自身の胃のあたりをわしづかみにし、一歩こちらに踏《ふ》み込んだ。

「ヴィクトルさん……？」

そのまま彼はゆっくりと私の方へ傾《かし》いできて……慌《あわ》てて両手で受け止めようとした。

——彼はそのまま体重を完全に私に掛ける。

「え⁉　ちょ、ヴィクトルさん⁉」

重さに耐《た》えきれなくなった私は自分の机を背にしながら、彼を抱《かか》えたままへたり込んだ。

ちょうどその時、誰《だれ》かと口論をしながらレオン様が宰相室に入ってきた。

——レオン様は、抱《だ》き合う形で座り込む私とヴィクトルさんを見つけ、目を丸くし、身体《からだ》を硬直《こうちょく》させた。

ヴィクトルさんの重さで身動きが取れない私は、レオン様を見つめながら叫《さけ》んだ。

「さ、宰相閣下っ‼　ヴィクトルさんが‼」

倒《たお》れてきた金髪《きんぱつ》の彼は、今は完全に意識を失っているようだ。

何がなんだか分からなくて、驚《おどろ》きと焦《あせ》りと不安から自分の心臓がどくどくと鳴っている。

「ヴィクトル！　どうした！」

レオン様と一緒《いっしょ》に入ってきたのは、総務省のパスカル長官だった。つまりヴィクトルさんの直属の上司である。

レオン様とパスカル長官はすぐさま私からヴィクトルさんをはがした。床《ゆか》に寝《ね》そべるヴィクトルさんの呼吸や脈をレオン様が確認《かくにん》している。

「ヴィクトルの直前の様子は」

レオン様が冷静に、けれど少しこわばった様子で私に質問した。

「は、はいっ！　会話中にいきなり倒れ……倒れこんだ直後胃を押さえていました！　あ、直前に胃薬を飲んでいました！」

立ち上がり、ヴィクトルさんの机に彼が常用している胃薬を取りに行く。

「パスカル長官。テルニアで医務室に連絡を」

「あ、ああ……分かった！」

「その薬は……ステファンが常用しているやつだな？　今すぐステファンを呼びに行け」

「は、はいっ！」

レオン様の指示のもと、即座《そくざ》に宰相室《さいしょう》を出て、補佐室の一角にある監査《かんさ》室のステファン室長のもとに駆《か》け込んだ。


——しん、と静まり返った医務室の窓の外はすでに真っ暗だ。

「つまり……過剰《かじょう》に薬を摂取《せっしゅ》していたというわけだな？」

「はい。この薬は一日一錠《じょう》以上飲んではいけないと最初にきつく言ったのですが。この減り具合から見て、誰かに分け与《あた》えたわけではないとすれば——容量以上の服用をしていたと判断して間違いないかと」

ステファン室長がヴィクトルさんの薬瓶《くすりびん》を手に取りながら答えた。

「私の部下をぞんざいに扱《あつか》うから、このようなことになったのだ！　こんなに胃薬を飲むほどストレスを与えて。どうせ使節団対応チームでこき使ったのだろう⁉」

パスカル長官がレオン様に向かい、目をつり上げる。

私はそれを見て、なんとも言えない胸の痛みを感じた。

違《ちが》う、と言いたかった。

ヴィクトルさんは使節団の仕事をしているときは、忙《いそが》しそうでも声にハリがあり、目は輝いていた。そういう細かい采配《さいはい》をするのが好きなのだろうと、そう思った。

私たちの粗《あら》さがしをしているときとは、雲泥《うんでい》の差。

レオン様はパスカル長官を一瞥《いちべつ》し、こめかみに手をやりながら小さくため息をつく。

パスカル長官の聞く耳持たずな様子に、かける言葉さえ浮《う》かばないようだ。

「――いい加減にしてくれるかな？」

背後から、なにかを押し殺すような抑揚《よくよう》のないトーンの声が聞こえた。

――クロード殿下《でんか》だった。

彼の後ろにはアイリーン課長が神妙《しんみょう》な面持《おもも》ちで付き添《そ》っていて、課長がクロード殿下を呼びに行ったらしい。課長はそのまま医務室から退室していった。

クロード殿下はいつものように穏《おだ》やかに唇《くちびる》の端《はし》をつり上げながらも、反論を許さないような迫力《はくりょく》を持って、医務室の扉《とびら》からゆっくりと歩みを進めた。

クロード殿下のこのような姿を見るのは初めてで。

「パスカル長官。あなたがパトリック宰相に対して不信感を抱《いだ》いているのは分かっているし、その理由も分からなくはない。だからこそ、その解消につながるならと、宰相室にヴィクトルを入れることを許可したことは分かっているね？」

「――は、はい。それはもちろん」

「それで結果は？　パトリックとミュラー補佐《ほさ》官夫妻は、仕事上問題のある行為《こうい》があったのか？」

「いえ、今のところは……。ですがっ」

「調べて実際の行動が分かってもそれを受け入れる気がないのならば……調査する意味などないだろう？　人員を割《さ》いておきながら、結果を受け入れないのか？」

パスカル長官は俯《うつむ》き、自分の手を強く握《にぎ》りしめている。

「ですが――」

ヴィクトルさんのベッドの周りで、どんどん話が繰《く》り広げられていく。

私はどうしても我慢《がまん》がならず、声を上げた。

「あのっ。口を挟《はさ》み申し訳ございませんが……お話をされるのでしたら場所を変えてはいかがでしょうか。――ヴィクトルさんがゆっくり休めないかと」

先ほどからヴィクトルさんが声に反応して、鼻に皺を寄せている。

このまま休ませておけば問題はないらしいが、ゆっくり休養を取らないといけないそうだ。医務官によると睡眠《すいみん》不足もあったらしい。

この重苦しい気持ちは、きっと彼と自分を重ねているからだと……そう思う。

「差し出がましいついでに……最近の事実関係のみ、私からお伝えいたします。ヴィクトルさんは使節団の仕事について、非常に意欲的に提案をしたり質問をしたり采配を振《ふ》っていました。彼が胃を押さえながら胃薬を飲むのは……毎回夕刻です。そして大きなため息をつきながら、部屋から出ていきます。……私が把握《はあく》しているのは以上です」

一切《いっさい》の抑揚を捨て、淡々《たんたん》と伝え頭を下げた。

夕刻になると、パスカル長官の下へヴィクトルさんは毎日報告に行かなくてはいけない。それが、この粗さがしこそがストレスになっているのだと気付いてほしい。

彼が心から尊敬している上司に――。

私が顔を上げると、レオン様の瞳《ひとみ》が少しだけ揺《ゆ》れていた。

そして――パスカル長官は大きく目を見開き、一気に顔から色をなくした。眉《まゆ》は深く寄せられ、唇は震《ふる》えている。すべての力が抜《ぬ》けたように肩《かた》を落とした長官は、一回り小さく見えた。

「──ミュラー補佐官の言う通り、場所を変えよう。ミュラー補佐官。巻き込んでしまって悪かった。後は医務官にお願いしておくから、ミュラー補佐官とステファン室長は今日はもう帰りなさい」

「はい殿下。承知いたしました」

「承知しました」

私とステファン室長が医務室を後にしようとした、その時。

「──ミュラー補佐官」

パスカル長官が低くくぐもるような声で私を呼び止めた。

振り向いた私は、じっとこちらを見つめつつも、不満げに唇を引き結ぶパスカル長官と対面する。

……さっきの、私、絶対言い過ぎた。

下っ端《ぱ》の私があれこれ言えることではないし、口出しすべきではないと分かっていたのに。彼は私の余計な言葉に気分を害したのだろう。それは当然のこと。

最終的な人事権はレオン様にあるとはいえ、反対意見が多ければ私が地方に飛ばされることは存分にあり得る。

……なんであんなこと言ってしまったんだろう。

五分だけでいいから時間を戻《もど》したい。切実に。

扉付近にいる私のそばに、パスカル長官はゆっくりと歩いてくる。心臓が口から出てきそうだ。ごくりと喉《のど》を鳴らした私を見ながら、パスカル長官は一つため息をつく。

ヴィクトルさんの迷惑《めいわく》にならないようにという配慮《はいりょ》からだろう、声をひそめながら話し始めた。

「……きみは周りをよく見ているし、しっかりと仕事をこなし、成果を挙げていることは知っている。専任補佐官として、今のところきみ以外の適任がいないことも。──今回のことはヴィクトルはもちろん、きみにも余計な仕事をさせてしまったと思う。ただ……実際の二人の関係を知ってしまった者からすれば、贔屓《ひいき》や忖度《そんたく》があるのではと見られてしまうのは当然のことだ」

「──はい」

その通りだ。

言っていることは至極《しごく》まともで、ただレオン様とパスカル長官が対立しているから、だけではなかった。

レオン様がヴィクトルさんを拒否《きょひ》しなかったのは、そういうことなのだろう。

「だからこそ、仕事中は通常の上司と部下以上にその関係は厳格でなくてはならないと思っている。周りから一切の小言の余地もないほどに。きみが優秀《ゆうしゅう》であろうとも、こいつと視線を交《か》わす、その一つだけで難癖《なんくせ》付けるやつは付けてくる」

「……はい」

パスカル長官は「こいつ」とレオン様をじろりと見た。レオン様は何のダメージもなさそうに、にっこりと笑ってみせた。

パスカル長官はレオン様を見て、はぁ……と大きなため息をついた後、私をしっかりと見据《みす》えた。

「ただ——今回は途中《とちゅう》から行き過ぎてしまったことは私も認める。……悪かったな」

……え？　と私は目を丸くしてしまう。

長官は目を伏《ふ》せ、しばらく言い淀《よど》んだあと、ぽそりと言った。

「——ヴィクトルのこと、原因が分からなかったら大ごとになっていた。よく見ていてくれたこと、感謝する」

ヴィクトルさんが薬を飲んでいたことを私が伝えたことにより、すぐさまそれに対応する処置ができたことを言っているのだろう。

そんなの、見ていたのはただの偶然《ぐうぜん》なのに。

「い、いえ！　こちらこそ、差し出がましいことを申し上げましたっ」

長官は憑《つ》き物が落ちたかのように、いいんだ、と首を振った。

それはとても穏やかな表情で。

「若い者が育っていくのは頼《たの》もしいと思う。私たちの若いころは想像すらしていなかった女性が進出してきたことも、喜ばしいことだ。懸念《けねん》するようなことはなかったから——今後もその調子で」

パスカル長官は私を見つめ、眉尻《まゆじり》を下げながら口元を緩《ゆる》めていた。

「……はい。頑張《がんば》ります」

——認めてくれたんだ。……なにこれ。すっごく嬉しい。

潤《うる》んでしまいそうになる瞳を懸命《けんめい》に押しとどめ、ジャケットを握りしめた。

その時——。

「私も長官より若いですよ。なるほど、頼もしく思ってくれていましたか。嬉《うれ》しい限りです」

レオン様がひょっこり顔を出し、ついでに口も出した。

パスカル長官の人の好《よ》さそうな顔が、一気に『無』になった。長官はレオン様を無視して、私を見ながらもレオン様を指さす。

「ミュラー補佐官。夫婦《ふうふ》関係については私は一切関与《かんよ》しないが、仕事上こいつに何か思うところがあれば、なんなりと相談に来なさい」

私はおろおろしながらも、首を何度も縦に振った。

「そんなことが必要になることはないかと思いますよ。あ、ヴィクトルがこっちに来たいと言うことはあるかもしれませんが」

レオン様がまたしてもニヤニヤしながら言う。

……もしかしてレオン様、この調子でパスカル長官をからかってきたのだろうか。

パスカル長官がカッと顔を赤くした。

「はいはい。二人とも喧嘩《けんか》するほど仲が良いのは分かったから。パトリック、毎回煽《あお》りすぎなんだよ」

「殿下《でんか》。さすがにそれは撤回《てっかい》していただきたいです。こんなやつと仲が良いわけないでしょう」

クロード殿下の言葉に、パスカル長官がツンとして吐《は》き捨てた。

「もういいから。ステファン室長もミュラー補佐《ほさ》官も呼び止めて悪かった。ほら、そこの二人。早く出て」

殿下はパスカル長官とレオン様の背中を押すようにして、医務室から出て行った。

思わずポカンとしてしまった私に、ステファン室長が「あの二人、昔からあんな感じなんだ」とため息をついた。

医務室を出て、宰相室に戻るべく廊下《ろうか》を歩く。

すでに外は完全に陽《ひ》が落ち、真っ暗だ。

「宰相《さいしょう》閣下だが。パスカル長官のこと、実は尊敬してる」

「……あれでですか？」

「うん。敬語だっただろ？」

……そういえば。

レオン様は職位的には王族を除外すれば一番上になる。相手が年上だからと言ってへりくだることはまずないし、基本的にあまり敬語を使っていない。

それは若くして宰相職に就《つ》いたレオン様が侮《あなど》られないため、というのが影響《えいきょう》しているのは分かっているけれど、確かにパスカル長官には敬語だった。……からかっていたけど。

「確かに敬語でしたね。敬っているのかは微妙《びみょう》でしたが」

「宰相閣下、ひねくれてるから」

「…………」

レオン様、ひねくれてるんだ。

まぁ確かに……素直《すなお》な人だと思ったことは一度もないけど。

ステファン室長は「これで今回のことは終わりだ」と歩きながら伸《の》びをした。

そうだといいな、と心底思いながら、静まり返った大理石の廊下に私たちの足音が鳴る。

そして廊下の角を曲がったときに……私は唐突《とうとつ》に気が付いてしまった。

緊張《きんちょう》から一気に汗《あせ》が噴《ふ》き出る。

――あれ？　ステファン室長に私たちが夫婦だってバレたんじゃない？　と。

先ほどクロード殿下が私たちのことを夫妻だと言った。ステファン室長がその時に完全に耳を塞《ふさ》いでいない限り、聞こえたはずだ。

「あ……あの、ステファン室長」

「なんだ？」

「先ほどクロード殿下が……」

「喧嘩するほど仲が良いって言ったこと？　パスカル長官は完全に不同意だろうけどなぁ」

「室長。そこではありません。あの、私と……宰相閣下が――」

「あ、そっちか。それなら俺は知ってるから大丈夫《だいじょうぶ》だ」

スタスタと歩きながら、サラッと言われた。

「あ、はい」

そうですか……。

――……いつから⁉　他《ほか》には誰《だれ》が⁉　とはその歩みの速さから聞くことが出来なかった。

公爵家《こうしゃく》に帰宅した私が食事を終え、寝《ね》る準備まで整えたところで寝室《しんしつ》の扉《とびら》が開いた。

レオン様の気配に笑顔《えがお》で振《ふ》り向き「おかえりなさい」と言おうとして……いつもと違《ちが》う穏《おだ》やかでない表情に、思わず口を閉じた。

──ムスッとしてる。

仕事着のまま部屋に入ってきたレオン様は、首元のクラバットをグイッと緩めながらこちらにゆっくりと歩いてきた。

気だるそうに顎《あご》を上げ、シャツの第一ボタンを外すその顔はどこか険しく、かつ妖艶《ようえん》で……思わず見惚《みと》れ硬直《こうちょく》してしまった私は、一言も喋《しゃべ》ることのないレオン様に──きつく抱《だ》きしめられた。

「ただいま、クリスティーヌ」

私の頭にぐりぐりと顔をこすりつけているレオン様。

くすぐったくて微笑《ほほえ》んだ私も彼の背中に手を回し、ギュッと抱きしめる。

「おかえりなさい。レオン様」

頰《ほお》に手が添《そ》えられ、緩やかに上を向かせられた。

親が子どもにするように、頭を撫《な》でながら額に口づけが落とされる。

ムスッとして見えたのは、疲《つか》れすぎてもう表情も出ないのだろう。

……分かる。すっごく分かる。

あまりの疲労感《ひろうかん》は余裕《よゆう》を失い、表情を作っている場合ではない。もう表情筋を一切《いっさい》動かしたくないし、意識を遠くに飛ばしたままボーッと何もせず座っていたい。息だけしてたい。——そのまま三時間ぐらいは余裕で過ごせると思う。そして無駄《むだ》な時間を過ごしたことを、激しく後悔《こうかい》するわけだ。

けれど……仕事中はそれほど溜《た》まった疲れを、一切出してはならない。

レオン様は最近たまに、この状態になる。私に当たり散らすわけではない。

むしろ……すっごく甘えてくる。

誰にも疲れを見せず、淡々《たんたん》と仕事をこなしていくレオン様が私だけに見せてくれるその様子が——嬉しくて、かわいくて仕方がない。

瞼《まぶた》、頬と順に唇《くちびる》が下りてきて、ゆっくりと唇が重なる。

ちゅ、とリップ音を立てながら、唇が何度もくっつく。ぎゅうっと痛いほどに抱きしめられる。そのうち抱きかかえられ、ソファに移動した。

私を膝《ひざ》に乗せた彼は、ただひたすらに私を抱きしめている。口元を緩めたままの私はレオン様の首に手を回し、その顔に頬を寄せた。

「……はぁ。癒《い》やされる」

「ふふっ。お疲れ様です」

クスクスと笑いつつ、レオン様の頭を撫でる。

サラッとした銀髪《ぎんぱつ》は、いつだって触《さわ》り心地《ごこち》がよい。抱きしめられたままだけど、レオン様がぽそりと言った。

「――……巻き込んで悪かった」

それはパスカル長官とのことだろう。

仕事の話は家では滅多《めった》にしないのだけれど。

「レオン様が謝ることなんて……」

「パスカル長官の懸念《けねん》点はずっと気づいていた。今後、私たちの関係が大きくバレた時に
そういった話が出ることも。だからこそ、私と不仲なパスカル長官が認めてくれれば、万
が一の時の助けになると思ったのだが――」

やはりその意図があったのか。

確かにその通りだ。今回まさに一番良い結果になったのだと思う。

……結果だけ見れば、の話だが。

「――長官があそこまで行き過ぎるとは思っていなかった。私の配慮《はいりょ》が足りなかったせい
だ。ヴィクトルときみには多大なストレスをかけたと思う」

「……パスカル長官とは、仲直りを？」

「人事改革をした当初から、彼と友好的に話を進める手がなかったわけではないんだ。だ
があの当時はあまりの忙《いそが》しさを理由に、パスカル長官とゆっくり話す時間を作らなかった。

それに――彼の有能さと誠実さは知っていたから、私を嫌《きら》いだからという理由で、判断を

間違《まちが》えることはないと思った」

人事改革でパスカル長官の部下たちをこぞって切る結果になったわけだけど……それでも信用していたということか。彼を。

不仲を周囲に見せつけることも、レオン様の策略なのかもしれない。

提案した人物と不仲な人がその案に賛成すれば、反対派も沈黙《ちんもく》するしかないだろうから。

――それでも。

「必要なことなのでしょうけど。ヴィクトルさんが……かわいそうでした」

「……ああ。ヴィクトルには申し訳ないことをした。あそこまで追い詰《つ》められていたとは私も長官も気づかなかった。我々《われわれ》の配慮不足だ」

レオン様が肩《かた》を落とした。

夕方、レオン様は宰相《さいしょう》室にいないことが多かった。

ヴィクトルさんがひどく苦しんでいたことは知らなかっただろう。

「どうなりました？」

「ヴィクトルは明日から総務省に戻《もど》ることになった。使節団対応チームの仕事は続行だが」

「そうですか！　それならヴィクトルさんも一安心ですね」

パァッと顔を輝《かがや》かせた私の声は、随分《ずいぶん》と弾《はず》んだものとなった。

これで少しは彼の胃痛が減ることだろう、と口元を緩《ゆる》め安堵《あんど》していたが……レオン様が抱きしめていた手を緩め、眉《まゆ》をひそめている。

「……レオン様？　お疲れですか？」

小首を傾《かし》げながら、彼の頬に手を伸《の》ばした。

頬を撫でる私を受け入れていた彼は、気持ちよさそうに目を細めた。

そして一時《いっとき》ほどして、私の手をするりと握《にぎ》り——私の手の甲《こう》に口づけをした。

「——ヴィクトルと、仲が良いのだな」

レオン様が上目遣《うわめづか》いに私を見つめてくる。

……ドキッとした。

その熱いまなざしから目を逸《そ》らすことが出来ない。唇が触《ふ》れた手の甲が、熱い。

私の胸がまたしても早鐘《はやがね》を打ち始め、体温は一気に急上昇《きゅうじょうしょう》した。

「と、特別仲が良いというわけではないかと」

「行動を事細かに知っていたようだが」

ニッと口角を上げたレオン様は、手の甲に舌を這《は》わせ始める。

「……っ！　ん……っ、同じ部屋にいます、し」

「随分と彼の心配もしていた」

「体調が悪そうだった、ので、あれは誰でも……ひぁっっ！」

心配するに決まっているだろうと言おうと思ったところで、変な声が出た。咄嗟《とっさ》に空いた手で口を覆《おお》う。

――指の間を舐《な》められたのだ。

「誰《だれ》でも、なに？」

ちろりと出した彼の舌の赤さがやけに際立《きわだ》ち、背筋がぞくりとする。

口を覆った手はレオン様に搦《から》めとられ、眼前いっぱいにレオン様が広がった。

「誰にでも過剰《かじょう》に優《やさ》しくしているとどうなるのか……きみは少し知った方が良いかもしれないな？」

舐めるように視線を送り妖艶に微笑んだレオン様は微《かす》かに唇を開けながら、私の唇を覆った。

「――クリスティーヌ。さぁここからは夫婦《ふうふ》の時間だ」

小鳥たちのさえずりがいつものように聞こえてきた。空が白み始めている時間であろうことが分かる。

ギュッと抱きしめられたぬくもりを感じながら、薄《うっす》らと目を開けた。

規則正しい寝息《ねいき》を立てながら私を抱きしめるレオン様は、どうやら昨夜は……私とヴィクトルさんの距離《きょり》が近すぎることに色々物申したかったようだ。

――口だけで言われたわけではなかったけれど。

『体調の悪かったヴィクトルに咎《とが》がないのは分かっているが、きみは私以外に抱《だ》きつかれたということを理解しているのか？』

『万が一悪意を持って押し倒《たお》されたら、なんの抵抗《ていこう》も出来ないんだぞ。そもそも距離が近すぎる』

お説教だった。……多分。

というか、抱きつかれてなどいない。ヴィクトルさんはこちらに向かって倒れただけだ。

――距離、近かっただろうか？

書類を見ていただけなのだけど。

でも……あの小さい文字の書類は、そもそも受け取れば良かったのかもしれないな、と思い至った。

あまり近づきすぎて、必要以上に仲が良いと思われるのも心外だ。

丸一か月を同じ部屋で過ごし、二人で話すことも多かったため、物理的に近づいていても気にならなくなっていたのだろう。

その時ふと、補佐《ほさ》室のメンバーも私はヴィクトルさんと同様に、距離が近くとも気にならないし近づいていたなということに気付き……なぜヴィクトルさんだけ言われたのかな？　と首をひねった。

——もしかして嫉妬《しっと》だったのだろうか？

レオン様が……嫉妬？

そんな感情とは無縁《むえん》のようなレオン様だから『そんな、まさかね』と内心で苦笑《くしょう》しつつも、もしそうだったら嬉《うれ》しいのになと、頰《ほお》が緩んだ。


ヴィクトルさんは今日は大事をとってお休みらしく、そしてそのまま総務省の勤務に戻るそうだ。

一か月ぶりに宰相室は私とレオン様の二人となった。

張りつめた空気もようやく元に戻り、今までどおりに……と思っていたのだけれど。

「宰相閣下。補佐室に行ってまいります」

「ん。……あ、じゃあステファンにこれ持っていってくれ」

「はい」

確認《かくにん》事項《じこう》があり宰相室を出ようとするけれど——レオン様は席に着席したままだ。

つまり、一か月前まであった抱擁《ほうよう》の儀式《ぎしき》？　は、ヴィクトルさんがいなくなった今でもないまま。

物足りなさは当然感じる。けれど、私のことを妻だと知っているレオン様が始めた『抱擁』であり、それは完全に公私混同。癒《い》やしの研究結果がどうのこうの、というのは全然関係なかったのだろう。

実際に癒やし効果はあったとは思うけれど、それは私たちが夫婦だからこそ。仕事中にそこかしこで抱擁がおこなわれていたら、風紀が乱れるというものだ。

なくて当然。

……当然だというのに、ほんの少しだけ寂《さび》しく感じてしまう自分が情けない。

私は廊下《ろうか》に出た後「よし、がんばろ……！」と気合を入れるべく、自分の頬を両手で軽く叩《たた》き、補佐室に向かった。


その日の昼間。

ランチにラップサンドを食べ終わった後で、レオン様が席を立った。

「シャルロット。久々にこれをあげよう」

彼は眼鏡《めがね》をかけたまま、顔の横で青い巾着袋《きんちゃくぶくろ》をふりふりと振《ふ》った。

それはお菓子《かし》当てゲームをしよう、の意であるのは明白。

「……でも」

それは夫婦としての公私混同になるはず。

視線をさまよわせながら、私はどう返答して良いのかためらっている。

結局のところ、一か月前とは同じような対応がレオン様に出来ず、私は仕事上の距離というものを摑《つか》みあぐねていた。

するとレオン様は腕組《うでぐ》みをして、呆《あき》れたようにため息をつく。

「きみは何か誤解していないか？　私はきみの味覚を鍛《きた》えてあげようと最初に言った。そこに意味がないとでも？」

「え？」

お菓子当てゲームにより、確かに私は材料の味が分かるようになってきた。けれど、私は料理人ではないし、今後も厨房《ちゅうぼう》に入ることはほぼないだろう。

実際のところ、材料が分かったところで美味《おい》しいか美味しくないかでしか私が語ることはないだろうし、「隠《かく》し味はこの調味料ね」なんて言おうものなら、きっと周りから引かれてしまうだろう。

文官としての仕事しかほぼしていないとはいえ、仮にも現在は公爵《こうしゃく》夫人である。どしっと構えておくべきであり、細かい奥様だと使用人もやりにくいだろう。

だからこそ、このお菓子当てゲームに意味と言われても？　と思って小首を傾げていたら、レオン様が「やれやれ……」と言いたそうにまたしてもため息をついた。

「きみが初めて御前《ごぜん》会議に出た時に、私がきみに重要なことだと約束させたことを覚えているか？」

「宰相《さいしょう》閣下から二歩以上離《はな》れない。自分で持ち込んだもの以外の飲食をしない、です」

「その通りだ。ではまず、目をつぶって」

「はい。……………はい？」

なぜ結局またお菓子当てゲームなのか。今の流れでなぜそうなったのか。

小首を傾げた。

「良い頃合《ころあ》いだろうと思い、すでに用意していた。ほら、口を開けて」

私はまったく状況《じょうきょう》が把握《はあく》できないまま、とりあえず以前のように目をつむり、口を開けた。

口の中に固形物が入ってきた。舌で舐め、押しつぶす。歯で噛《か》むと、簡単にサクッと砕《くだ》けた。

「――シンプルなクッキーですね。材料は薄力粉《はくりきこ》とお砂糖、バターに玉子……ん？」

……なんか、変な味。なにこれ。

舌に違和《いわ》感《かん》を覚えた。

ほんの少しの苦みは、オレンジなどの柑橘《かんきつ》系の苦みとは異なる。なんとなく痺《しび》れるような、味わったことのないものが舌に残る。

首を傾《かし》げながらパチッと目を開けると、レオン様が満足げに口角を上げていた。

「気づいたか」

「少し変な味がします。舌に残る苦みというか、痺れるような……」

「よく分かったな。今の味、しっかり覚えておくように。はい、じゃあこれすぐ飲んで」

渡《わた》されたのは白い錠剤《じょうざい》。

「これは？」

「ごく少量だが、今食べたクッキーには痺れ薬が入っている。それの解毒剤《げどくざい》だ」

「──し、痺れ薬っ？」

「ほら、痺れが出る前に早くこっち飲んで」

私はわたわたしながらレオン様から薬をもらい、急いで飲み干した。

「健康には問題ないやつだから大丈夫《だいじょうぶ》だ。ごく少量だし」

「………」

全然大丈夫ではない。

なんてものを食べさせるのだ。

ジトッとした目でレオン様を見ていたら、彼は不敵に目を細めた。

「つまり、自分で持ち込んだもの以外の飲食をすると、こうなる危険性があるということだ。そのため、会議での飲食をきみに禁じている。そして、万が一なんらかの混ぜ物がされているものを食べてしまったときに、それがなんなのか判断をつけて、自分で対応できるための行為《こうい》が……この菓子の材料を当てるゲームだ」

……そんなまっとうな理由が！

途中《とちゅう》から、レオン様が面白《おもしろ》がるための行為かと思っていた私を許してほしい。

「今後きみには、なんらかの混ぜ物をした菓子を食してもらう。その味を覚え、対処するための薬も覚えるんだ」

なるほど、と思いながらも最初から理由を伝えるべきではないのか？　と思った。

同時にこの言い方だと、レオン様はきっと何度もそれを経験しているのだろうと肝《きも》が冷えた。「はい！　承知しました」と覇気《はき》をみなぎらせ返事をした。

――その後何日もかけて、眠《ねむ》り薬・朦朧《もうろう》とする薬・媚薬《びやく》・お腹《なか》を壊《こわ》す薬・鼻水が止まらなくなる薬など、もう色々覚えさせられた。

お腹を壊す薬と鼻水が止まらなくなる薬は、なんてものを飲ませるんだと憤《いきどお》りすら覚えた。

大好きな人の前での、鼻水。

「――泣いてるみたいでかわいいな」

「…………」

うっとりと口元を歪《ゆが》めたレオン様の足を、全力で踏《ふ》んづけてやろうかと思った（もちろんすぐに解毒剤をもらった）。

第二章　エルドリア神聖国使節団①

白く立派なあご髭《ひげ》を蓄《たくわ》え、立派な神官服を着た年配の男性の後ろに、同じく少し装飾《そうしょく》を抑《おさ》えた神官服の男性が五名、さらにその後ろには白を基調とした騎士《きし》服を着た人々。肩《かた》から反対側の腰《こし》へ青いサッシュがつけられていた精悍《せいかん》な顔つきの男性たちは聖騎士。

そして清楚《せいそ》かつシンプルに見えて、恐《おそ》ろしく手の込んだ刺繍《ししゅう》が施《ほどこ》されたドレスを纏《まと》ったプラチナブロンドの女性を筆頭に、五名の女性。

全員の頭に、アルノー殿下《でんか》が言っていたフィラロスと思《おぼ》しき、色彩《しきさい》豊かなタッセルのついた飾《かざ》りがつけられていた。

エルドリア神聖国の使節団だ。

「エルドリア神聖国大神官・カリアスと申します。この度《たび》は使節団の受け入れ、誠《まこと》にありがとうございます」

「スラン王国王太子、クロードです。こちらこそ、貴国とご縁《えん》ができること、大変嬉しく思います」

カリアス大神官は片言のスラン王国の言葉で、クロード殿下は旧タリア語で挨拶《あいさつ》をした。

今回の視察の話が進められているときに、エルドリア神聖国よりたくさんの親善の品が送られてきている。

小さな瓶《びん》に詰《つ》められた香辛料《こうしんりょう》は、我が国ではほとんど手に入らない希少なもの。繊細《せんさい》な手工芸品の数々。小さな彫刻《ちょうこく》や絵画、民芸品は美しい布で包まれ、美意識や芸術性の高さを感じさせた。

そして、聖導具。我が国でも近隣《きんりん》諸国でも見たことのない、独自の発達を遂《と》げていた神聖国の聖導具には、誰《だれ》もが目を丸くしたものだ。

使節団は王宮すぐそばの迎賓館《げいひんかん》に案内された。この日の夜に小規模な歓迎《かんげい》パーティーが開催《かいさい》されることになっている。

「ねぇ待って。これ……綴《つづ》り間違《まちが》ってるじゃない！　ロイ！　大至急やり直してっ」

「は、はいっ」

「おい、ここ席が足りてないぞ！　女性は固めるように伝えてあっただろう！」

アイリーン課長やステファン室長をはじめ、たくさんの人の声が飛び交《か》う。

なぜ小さなミスというのは、当日に見つかるのだろうか。あんなに何度も確認《かくにん》したはずなのに。

いつも忙《いそが》しいけれど、その比ではないほどほとんどの人が小走り……いや、むしろ走っていて、使節団対応のためにせわしなく動き回っていた。

完璧《かんぺき》に用意したと思っていても、直前に色々とトラブルが出るもの、ということを痛感している。

そういう私ももちろん走っている。

「シャル、良いところに！　これとこれとこれ、宰相閣下《さいしょう》に！」

「はいっ！」

「あ、ミュラー、これも頼《たの》む！」

「はいぃっ！」

「ミュラーッ！　この聖導具の説明書って」

「Mの8ですっ」

補佐室《ほさ》はまるで戦場。

――目が回りそうだ。


広間の中央には大きな長テーブルが並べられ、上質なリネンの布がその表面を覆《おお》っている。テーブルには色とりどりの花々が飾られている。今の季節で最も美しいものを選んだ。

少し前まで銀製の食器やカトラリーも並んでいたが、食事を終え、今は各自席を立ち、思い思いに両国の交流を図《はか》っている。

神官服の人々が国の運営を担《にな》う神官たち。

彼らが私たちで言う、文官と同じ役目を果たすのだそうだ。

白い騎士服の聖騎士たちは当然護衛。我が国の騎士たちよりも、若干《じゃっかん》細身。

そして緩《ゆる》くウェーブを描《えが》くプラチナブロンドの美しい女性は、カリアス大神官の姪《めい》っ子《こ》でエウフェミア様と言うらしい。エウフェミア様は『聖女』という地位にいるのだと言う。年齢《ねんれい》は私より少し上に見える。

クロード殿下とレオン様は、カリアス大神官とエウフェミア様、そして貿易省の長官たちとにこやかに話し込んでいる。

私たち対応チームはそれぞれの文官たちと交流を図る。

今日のパーティーは旅の疲《つか》れもあるだろうということで、今後応対する我が国の文官たちの自己紹介《しょうかい》も兼《か》ねての、ごく小規模なもの。

もちろん使われる言語は旧タリア語。

「――ではやはり聖導具の開発が盛んなのですね」

「そうですね。貴国の聖導具を拝見する限り、我が国の聖導具は独自の進化を遂げているのだと思います」

神官がそう答えた直後、彼の後ろから男性がひょっこりと顔を出した。

随分《ずいぶん》と整った顔立ちの聖騎士の服を着た男性は、ニコッと白い歯を見せた。

私と同じ年ごろか、もしかしたらもう少し若いかもしれない。

「我が国は外部とのかかわりがほとんどありませんからね。独自の進化を遂げるしかなかっただけなのですよ。それにしても――すべてが真新しく新鮮《しんせん》です！　部屋の隅《すみ》にあるあの飾りも、もしかして聖導具なのでは⁉」

エメラルドの美しい瞳《ひとみ》をキラキラと輝《かがや》かせる聖騎士は、青みがかった髪《かみ》に目鼻立ちのはっきりした、コロコロと表情が変わる人のようだ。

思わずこちらもにこやかになってしまう。

私と話していた神官が彼の様子に面食《めんく》らったようで、ポカンと口を開けた。

「あ、申し遅《おく》れました。僕はゼノンと申します」

いきなり話に飛び込んでしまったことに、ゼノンさんはニコニコと笑顔《えがお》で胸に手を当て頭を下げた。

優雅《ゆうが》な仕草はあまりにも自然。

神聖国ではこれが標準仕様なのだろう。こちらも丁寧《ていねい》にカーテシーをした。

「宰相室専任補佐官シャルロット・ミュラーと申します。ご指摘《してき》の置物は、一定時間ごとに光の色が変わる聖導具でございます」

「なるほど、聖導具を娯楽《ごらく》に使うのか。それは面白《おもしろ》い！」

「エルドリア神聖国では、実用的なものが多いのですか？」

「そうですね。大半が娯楽のためというよりは、生活必需品《ひつじゅ》ですねぇ」

「ん、んんっ！」

「あっ、失礼失礼」

ゼノンさんが話しているのを神官が咳払《せきばら》いで遮《さえぎ》った。

けれどその後もゼノンさんは私にも他《ほか》の文官たちにも、気になることをどんどん聞いて回っていた。

非常に好奇心旺盛《こうきしんおうせい》のようで、見るものすべてが珍《めずら》しいらしい。

神官と話しているといつの間にかエウフェミア様の話題となり、私は気になっていることを尋《たず》ねた。

「エウフェミア様は『聖女』と伺《うかが》いました。何か特殊《とくしゅ》な能力が？」

「ああ、それは」

「違《ちが》いますよ！」

またしてもゼノンさんがひょっこりと顔を出し、神官の言葉を遮った。

神官が額に手を当て、「またか」とため息をつく。

怪訝《けげん》そうにゼノンさんを見つめる神官の顔には「なんだこいつ？」と書いてあるようだ。

この二人はあまり親しくないのかもしれない。

「各国のおとぎ話によくあるような『聖女』は癒《い》やしの力を持っていたり、なにかを浄化《じょうか》したりといった能力があるように描かれてますが、我が国の聖女とは、『聖女』という地位なんです。未婚《みこん》限定です」

「神官の長《おさ》が大神官であるように、ということでしょうか？」

「はい、まさしく！　もちろん条件など色々ありますが、魔法《まほう》的な特殊能力があるというわけではないと思ってください。エウフェミア様の場合、信仰心《しんこうしん》と影響《えいきょう》力によって選出されました」

「聖女になることは誉《ほま》れ、なのですよね？」

「選抜《せんばつ》試験を突破《とっぱ》した人が選ばれるのですが、年若い女性は多くの人がなりたがりますね。特典がありますから」

　でも特典は秘密です、とお茶目《ちゃめ》に人差し指を立てた彼に深く尋ねることはなく、そうなのですね、と頷《うなず》いた。

　人懐《ひとなつ》っこい人だ。

「それにしてもミュラーさんは旧タリア語がお上手ですね」

「そう言っていただけると嬉《うれ》しいです」

　皆《みな》で猛勉強《もうべんきょう》した甲斐《かい》があると言うものだ。

　アルノー殿下《でんか》がなかなかに厳しく、「それは美しくないな」「なんと言ったのか分からない」と手をシュピンシュピンさせながら指導してくれた。甘そうに見えて、厳しかった。

　ちなみにアルノー殿下は、本日参加の予定はないそうだ。

また別途《べっと》、王族のみでお会いする機会があるという。

「スラン王国は女性の登用がほぼないと聞いていましたが、そうでもないようですね？」

離《はな》れたところにいるアイリーン課長にも目をやりながら、ゼノンさんは弾《はず》むような声で言った。

「近年、徐々《じょじょ》に……といったところですが、これからどんどん増えていきますよ。きっと。エルドリア神聖国はいかがですか？」

「うちは完全に半々です。神官は男性のみですが、女性はシスターと呼び名を変えて活躍《かつやく》しています」

神に仕える者というと、未婚のイメージがあるが、エルドリア神聖国は神官もシスターも結婚や出産に問題ないというのはすでに聞いていた。

聖女様のみが任期の間は未婚でいなければいけないということか。

ふとレオン様の方を見た。

彼はエウフェミア様の声を聞こうと腰《こし》を曲げ、顔を近づけていた。

優《やさ》しげに微笑《ほほえ》むその姿と、エウフェミア様のはにかんだような神々《こうごう》しい笑みが印象的で。

――胸がチクリと痛んだ。

ジッと見つめていたのをゼノンさんに気づかれたようで、彼も同じ方向を見ながら呟《つぶや》いた。それはきっとひとり言のつもりだったのだろう。

「ふんふん……彼女は宰相閣下《さいしょうかっか》をお気に召《め》したようだな……」

……は？


驚《おどろ》きのあまり、自分の目がまん丸になっているのが分かる。

その顔のままゼノンさんを見上げると、彼は「しまった」という顔をして慌《あわ》てて、取り繕《つくろ》うようにハハッと笑った。


「わたくしはパトリック宰相に案内していただきたいわ」

神々しいばかりの微笑《びしょう》を浮《う》かべ、そう告げたエウフェミア様が紅茶を飲む。

使節団が来訪してから早三日。

あわただしい日々はあっという間に過ぎる。エルドリア神聖国の使節団は、昨日は芸術に関してのさまざまな視察をし、夜は王族との食事会に参加されていた。

今は迎賓館《げいひんかん》の応接室で貿易省のアンベール副長官を筆頭に、本日の視察について説明していた。本日は王都の中心部の観光視察。けれど、ここにいないレオン様の名前が出てきた。

「……だそうだが、パトリック宰相は今日は何処《どこ》に？」

カリアス大神官は、エウフェミア様の意に添《そ》うことが当然とばかりに尋ねてくる。

アンベール副長官がゆっくりと私の顔を見た。

確かにレオン様のスケジュールに一番詳《くわ》しいのは私なのだけれど、レオン様がお暇《ひま》なわけがない。アンベール副長官には、ここは毅然《きぜん》とお断りしてほしかった……が、それができないのも重々承知している。

今回、クロード殿下より命令が下されている。

『使節団の望むことは、よっぽど理不尽《りふじん》でない限りは叶《かな》えるように』と。

これは……理不尽ではない願いに入るのだろう。

「──至急、宰相閣下をお呼びします」

私は丁寧に頭を下げたあと部屋から出ようとする。扉《とびら》の前にいたゼノンさんがにっこりと微笑み、扉を開けてくれた。

軽く頭を下げ部屋から出ると……なぜか彼も一緒《いっしょ》に部屋から出てきた。

「どうなさいましたか？」

「いえいえ、ミュラーさんをお送りしようかと思いまして」

彼は弾むような声と軽快な足取りで、私の横を歩く。

「ありがとうござい……ます？」

「ハハッ！　なぜ疑問形なのですか」

「ここは私の国ですし、よく知った場所です。見送られる理由がないかと思いまして」

眼鏡《めがね》をカチャリとかけ直し淡々《たんたん》とそう言うと、彼はポカンとした後、大きく笑い始めた。

なぜ笑われているのか、さっぱり分からない。

迎賓館一階廊下《ろうか》の左右の支柱は、繊細《せんさい》な彫刻《ちょうこく》が施《ほどこ》されていた。差し込んだ日の光により、足元の床《ゆか》が輝《かがや》くように照らされている。

支柱の陰《かげ》になる部分で、ゼノンさんが足を止めた。

「僕があなたと仲良くなりたいと思っているとは、考えないのですか」

振《ふ》り向いた私は、何を考えているのか分からない彼の表情に首を傾《かし》げた。

「仲良く……なるほど、その言葉は親しい友人同士や恋人《こいびと》同士の親密さのために使うものかと思っておりましたが、仕事上でも使用するのですね。まだ細かいニュアンスの理解は難しく」

口元に指を当てひとり言のように言った私の言葉に、ゼノンさんは「え？」と言いながら何度か大きくまばたきをした。

「あいにく、今回の視察の上で『仲良く』なるのに私は適任ではありません。もちろん同行はしますが、現場に出たことがあまりないため、案内できる所が少ないのです。その点地域課の方々でしたら裏通りまで詳しく案内してくれるかと。私の言葉の方が分かりやすいようでしたら、同行中はお気軽にお声がけください」

他国からの賓客《ひんかく》が、我が国の人間と仲良くしようとしてくれているのは嬉しい。思わず唇《くちびる》が綻《ほころ》んだ。

だが私が同行するのは案内の役割ではなく、言語面でのお手伝い。案内役としては残念ながら不適格。ここは私の些細《ささい》なプライドなど捨てて、最適な案内役を紹介《しょうかい》しなければならない。

やはり、地域課のジャックさんが適任だろう。

「ジャックさんはとてもフレンドリーな方で、話しやすいと思います。彼は人の顔を記憶《きおく》するのが大変得意で――」

私が意気揚々《いきようよう》とジャックさんのアピールをしていると、ゼノンさんはまたしても大笑いし始めた。

「……なにか私、面白《おもしろ》いこと言いました？」

「いや、なにも……っ、うん、いいね――」

ひとしきり笑ったあと、彼は口ごもるように早口で話したため、聞き取ることが出来なかった。

「そうだね。案内のときにはミュラーさんにもいて欲しいな」

「はい。それはもちろん……？」

元々同行することになっているのだけど、名指しされるほど何かすごいことを言った覚えはないが……と首を傾げた。


迎賓館の門で、見送ってくれたゼノンさんが手を振る。

私は頭を下げ、足早に王宮のレオン様のもとへ向かった。

今の時間はクロード殿下《でんか》たちと会議中のため、本来立ち入ることはないが……これは急用案件。

……エウフェミア様がレオン様をお気に召したって、どういう意味だろう。

初日にゼノンさんが言っていた言葉が、今さらよみがえってきた。

あのときは聞き流したけれど、今日またしてもレオン様をご指名のエウフェミア様に、心がざわつく。

もしかして……レオン様のことを好きになったということだろうか。

エウフェミア様は、レオン様が結婚《けっこん》しているということを知らないのだろうか。

——胸がギュッと痛くなった。

使節団が来る前から、レオン様は王宮に寝泊《ねと》まりしている。

今はそれほど忙《いそが》しい。

私たちにゆっくり話をする時間などなく、今完全に仕事上の付き合いしかない。聡《さと》いレオン様のことだ。きっとエウフェミア様が自分に興味を持っていることなど分かっているだろう。そのことをどう思っているのか……聞く暇もない。

賓客がレオン様をご要望だ。急がなければいけないのに、王宮の廊下を進む足が鉛《なまり》のように重い。

……これは仕事だ。余計なことを考えている場合じゃない。

両頬《りょうほお》を左右の手でパシリと叩《たた》き、しっかりと前を見据《みす》えた。

「……よしっ」

大理石の廊下を、大股《おおまた》で力強く踏《ふ》み進めた。

会議中に入室する許可はもらっている。

ノックをして会議が中断してしまっても困るため、私は静かに会議室に滑《すべ》り込んだ。

「……は？　シーツが合わない？　絹じゃなくて綿希望？　……ヴィクトル、即《そく》手配を」

「はい！」

「他《ほか》には？」

「朝食にレモンを出してほしいと」

「……ヴィクトル」

「はい！　すぐ手配します」

耳に入ってきた話に一瞬《いっしゅん》歩む足が止まり、ポカンとしてしまった。

……使節団への重要会議のはずだけど――そんな内容？

とはいえ、何が無礼で何が無礼でないかが手探《てさぐ》りの状態のため、すべてに対して確認《かくにん》したいのだろう。

……うん。それも大事なことだ。

直接応対していたメイドとそばに控《ひか》えていたメイド長の言葉に、こめかみをトントンと叩いていたレオン様が言った。

「よし。ヴィクトル、その辺の権限をすべてお前に渡《わた》す。日々詳しく聞き取り調査をおこない、極力要望に応《こた》えろ。私への事後報告は前日分を書類にしてくれ」

「承知しました」

ヴィクトルさんがメイドたちと共に部屋を出ようとして私に気づき、ふっと目を細めた。

彼の顔色は、宰相《さいしょう》室にいた時と比べると段違《だんち が》いに良くなっている。胃痛も少しは減ったかもしれない。

お互《たが》い会釈《えしゃく》をして通り過ぎた。

ヴィクトルさんはどうやらレオン様に信頼《しんらい》されているらしい。慣れない粗《あら》さがしとは違い、彼の本来の仕事ぶりを存分に発揮しているからだろう。

レオン様のことだから、きっと元々ヴィクトルさんの仕事の能力は知っていたのだと思う。そうじゃなければ、そもそも宰相室に入れることはなかったはずだから。

私はレオン様のすぐ真後ろに行き、耳元で囁《ささや》いた。

「失礼します。宰相閣下、エウフェミア様が……閣下に視察の案内をしてほしいとのご要望です」

私の言葉に、彼は振り向き『何を言ってるんだ』とでも言いたげに片眉《かたまゆ》を上げた。

──私だってこんなことを言いたいわけではない。

けれど、これが仕事だから。

「……分かった」

レオン様は大きなため息をついた。隣《となり》に座っているクロード殿下に耳打ちをしている。

「──分かった、丁重《ていちょう》に応対してくれ」

レオン様に返事をした後、クロード殿下は皆《みな》の方を向き、のびやかな声で言った。

「パトリック宰相は先方の要望により、これより使節団の案内に参加する」

会議に出席していた人たちがざわつき始め、顔をしかめる。

「宰相閣下が？」

「宰相閣下を案内役にするとは……我が国を下に見ているということか？」

賓客と一緒《いっしょ》に避暑《ひしょ》地に滞在《たいざい》したり、共同で進めようとしている事業ならば案内したりすることもあるが、王都観光の案内役を宰相がすることは我が国ではなかったこと。

だからこそ、軽《かろ》んじられているのではないかという意見が出ている。

クロード殿下が「単純に文化の違いだ。あちらにそういう意図はない」と白熱しそうになる議論を先に抑《おさ》えた。

レオン様が面倒《めんどう》そうにしたのは軽んじられていると思ったからではなく、単純に「面倒だから」だと思う。

そんなレオン様の反応を見て、私は内心胸を撫《な》でおろしていた。

少しだけ――こんなことで安堵《あんど》する自分が、嫌《いや》な人間になったような気がした。

レオン様が彼女に興味を示してなくて嬉《うれ》しい。

反面、人が不幸になることを願っている自分の本性《ほんしょう》を知った気がして。

唇を噛《か》みしめながら、ジャケットの胸元《むなもと》を握《にぎ》りしめた。


――大理石の床《ゆか》に、二つの足音が響《ひび》く。

王宮の中央庭園は青々とした木々や鮮《あざ》やかな花々が風に揺《ゆ》れていた。

「悪いが、アルノー殿下にこの内容を聞いてきてくれ」

レオン様にメモを渡された。レオン様は先に迎賓館《げいひんかん》のエウフェミア様のもとへ。私はアルノー殿下のもとへ行くことになった。

アルノー殿下は、昨日開催《かいさい》された王族と使節団との食事会に出席しなかったらしい。体調不良で、との理由だが実際のところ――目にものもらいが出来てしまったという。こんな姿では賓客《ひんかく》の前になど出られるわけがない、と出てこなかったそうだ。

とはいえ、実はものもらいなどなく、公《おおやけ》の場に出たくないだけなのではないかと勘繰《かんぐ》っている者が対応チームには複数いる。

彼が旧タリア語や神聖国に精通していることが公になり、能力を色々と隠《かく》しているのではないのか、という噂《うわさ》が水面下で出ているからだ。

奇《き》怪《かい》な言動も、実はなんらかの理由があるのでは？　と。能ある鷹《たか》は爪《つめ》を隠す、のような。

アルノー殿下の執務《しつむ》室をノックし名前を言うと、しばらくしてから扉《とびら》が開いた。側近の方が扉の隙間《すきま》から「どうされました？」と暗い表情と声でぼそりと言った。

「あ、あの、宰相閣下からアルノー殿下に質問してくるようにと」

アルノー殿下の側近の方は見目麗《みめうるわ》しく、いつもにこやかだ。けれど、今日は世界が終わったかのような意気消沈《いきしょうちん》ぶり。動揺《どうよう》した私の声が上擦《うわず》った。

「――ミュラーか。ミュラーならいいぞ……通せ」

「どうぞ、お入りください」

アルノー殿下《でんか》とは思えない、どんよりとした声。

部屋の中は……空気が淀《よど》んでいる。非常に重苦しい。息苦しささえ感じる。

そしてアルノー殿下は――左目に大きな黒い眼帯をつけ、頭の上に暗雲……いや、嵐《あらし》のような真っ黒な雲でも載《の》せているかのように、見るからに落ち込んでいた。

いつも不敵なアルノー殿下のはずなのに、今はしおしおと悲しみに暮れ、椅子《いす》に座っていた。

大変失礼だが――塩をかけられ、溶《と》け始めたなめくじのようだ。

「で、殿下……あの……」

「追い払《はら》おうとしたんだ」

「……はい？」

アルノー殿下が意味不明なことを、ボソッと言った。

「憂《うれ》いのシルフィーの部屋にアイツが来たんだ。だから……追い払おうとしたんだ」

――憂いのシルフィーとは、きっとアルノー殿下の現在のお相手だろう。

また相手が替《か》わっている。

なるほど、シルフィーさんの家で逢瀬《おうせ》をしていると、そこに他の男性が来たのか。

ということは、その目は――殴《なぐ》られたということか！

王族になんということを。

「シルフィーがさされるかと」

相手は刃物《はもの》を⁉

それをアルノー殿下が庇《かば》って⁉

驚愕《きょうがく》の事実に、ごくりと唾《つば》を飲み込んだ。

相手は刃物を持っていたのに眼帯で済んだのは、不幸中の幸いなのかもしれない。

アルノー殿下は、きっと頑張《がんば》ったのだ。

やはりアルノー殿下は勇敢《ゆうかん》で立派な……奇怪な行動の人なのかも。

「でもふわふわ飛び回るから。シルフィーは怖《こわ》がって叫《さけ》ぶし。クッションをこう、振《ふ》り回してたら……チクッと」

彼はそっと眼帯を外した。

──左の瞼《まぶた》が、目がほとんど開かないほどに腫《は》れている。

その腫れ方は……。

「──蜂《はち》ですか？」

「そうだ！」

……刃物ではなかった。針だった。

しかも、人ではなく昆虫《こんちゅう》。

ウワッと泣きながら机に突《つ》っ伏《ぷ》したアルノー殿下は、そのままぶつぶつと呪文《じゅもん》のように呟く。

「身体《からだ》は黒と黄色だし、足が黄色くて長いし！　あれは絶対にジャイアントキラー蜂だった」

ジャイアントキラー蜂とは、大きく攻撃性《こうげき》も毒性も非常に高い蜂である。

動くものを見つけたらすぐに襲《おそ》ってくるので、見つけたらすぐに対処しなければならない。

だが……。

――ジャイアントキラー蜂は、身体の色は黄色ではなく濃《こ》いオレンジで、足は黒いんです。

殿下の言った特徴《とくちょう》は――オネスト蜂。

攻撃さえしなければ襲ってこない蜂。

「だがシルフィーを守れたんだから、名誉《めいよ》の勲章《くんしょう》なんだ。分かってるんだ……」

なんとか必死に自分のテンションを上げようとしているようだ。

けれど自分の腫れあがった目に、どうしても気分が上がらないというところか。

アルノー殿下は私がその腫れた目を見たのを確認《かくにん》し、芝居《しばい》がかったようにフッと悲しげに微笑《ほほえ》んだ。またしても眼帯をつけている。

――攻撃しなければ襲わない蜂だったんですよと今言えば、アルノー殿下はさらに立ち直るのに時間を要するだろう。

これは言わなくて良い情報だ。心の中で、一人頷《うなず》く。

本当に負傷していたし、溶けてなくなりそうなほどに落ち込んでいた。

能ある鷹は……ということで隠れていたわけではなかった。

痛みもあっただろうし体調不良で食事会欠席も理解できるが……アルノー殿下は今回使節団の顧問《こもん》として重要な役を担《にな》ってもらっているので、元気になってもらわないと質問しにくい。

私はジッと彼を見つめた。殿下は眼帯を嫌がっているようだけど……別にかっこ悪いとは思わない。むしろ……。

「――その眼帯、童話に出てくる海賊《かいぞく》のようでかっこいいですね」

「え？」

彼はチラッと顔を上げた。

恋愛《れんあい》小説はほとんど読んだことがなかったけれど、冒険《ぼうけん》小説は小さい頃《ころ》にたくさん読んだ。

自分の力で危機を乗り切る主人公。悪役だけど、徹底《てってい》した冷酷《れいこく》さにかっこよさすら覚えた。

側近の方々が目を輝《かがや》かせ、私を見ながら素早《すばや》い動きで何度も頷いている。

どうやら、『もっと言って！』とお望みのようだ。

「お似合いですよ？　アルノー殿下が身に付けると、そういうファッションのようです」

「――え？」

殿下の声が、もう一段階明るくなった。

察するに、側近の方たちはアルノー殿下を懸命《けんめい》に慰《なぐさ》めたのだろう。

私と同じような言葉も言ったはずだ。

けれど、身内の言葉とは時に「どうせ身内びいきのお世辞だろう」と思わせることもある。

「……似合うか？」

「はい。かっこいいと思います」

確かに似合っているのだ。

さすが整った顔立ちの王族。ちょっとかわいらしさすらある、若く麗《うるわ》しい海賊のよう。

ふと、レオン様が脳裏《のうり》に浮《う》かんだ。

銀髪《ぎんぱつ》で、あの冷たくも見える端整《たんせい》な顔立ち。長身から繰《く》り出される見下し気味の視線。

その顔に片方黒い眼帯を付け……。

――……それは完全に海賊の首領！

実際の悪人に憧《あこが》れる性質など持ち合わせていないが、それがレオン様ならば、かっこよすぎて私はきっと声も出ないだろう。

想像したら、段々と頰《ほお》が熱くなってきた。

「……なんだミュラー！　俺の美しさに惚《ほ》れてしまったか⁉　残念ながらダメだぞ。既婚《きこん》者は対象外だからな」

「いえ、それはあり得ませんので問題ございません」

自慢《じまん》げに顎《あご》を上げ、フッと笑ったアルノー殿下の言葉に、間髪《かんはつ》を容《い》れずに返答した。

「………………そうか」

またしてもシュンとしょげてしまった。

「ですが眼帯がお似合いなのは確かですよ？　新しい魅力《みりょく》かと」

私がそう言うと、待ってましたと側近の方々が口々に言い始めた。

「そうですよ！」

「お似合いだと我々《われわれ》は何度も言ったではないですかっ」

「装飾《そうしょく》のついた眼帯を各種取り揃《そろ》えましたのに、ちっとも試してくださらないから。こちらなど、さらに魅力がアップするかと」

黒い眼帯に刺繡《ししゅう》が入っているものだったり、小さな宝石がついていたり、さまざまなものを側近が取り揃えていたようだ。

気分が乗り始めたのか、アルノー殿下は鏡の前で眼帯のファッションショーを始める。

「お似合いです！」

「そうかっ！」

手をシュピンとさせ、ポーズをとっていく。

側近たちが拍手《はくしゅ》をする。そのたびにポーズが変わっていく。

……いつも通りに戻《もど》ったようだ。

なによりだ。

そしてその合間に、私はレオン様から預かった質問をいくつか投げかけた。

アルノー殿下《でんか》は鏡を見ながら、刺繍の入った眼帯の位置を細かく修正している。

「――ということで、あの国の王族は我が国とは比べものにならないほど、長い歴史と伝統がある。そして不思議な力を持つという噂《うわさ》だ」

眼帯をつけていない右の金色の瞳《ひとみ》が、きらりと輝いた。

「――いつか行ってみたいものだなぁ。エルドリア神聖国」

国交が始まれば、行き来することも出来るのかもしれない。

「そうですね」

アルノー殿下は、実はこの国から出たことがない。

彼は奇抜《きばつ》な行動ばかりだけれど、やはりどこか、政治的に目立つことがないようにしているのかもしれないと、そう思った。

「そういえば、聖騎士《きし》とはどういう位置づけなのですか？」

「聖騎士か！　通常の騎士とは違《ちが》い、特殊《とくしゅ》な力を用いて戦うことのできる、神官と騎士が合わさったようなものらしいっ！　なんかかっこいい！　話を聞いた昔からかっこいいと思っていた！　響《ひび》きが良いよな。聖騎士団」

小さい子どものように早口で興奮し始めたアルノー殿下は、別の眼帯を手に取り、身に付けようとしている。

特殊な力を用いて、か。

ゼノンさんの話を聞く限り、独自の聖導具を使って戦うのかもしれないな、と思った。

「……よしっ！　やっぱりこの眼帯が一番かっこいいと思う！　どうだ、お前たち！」

「はい！　イエローダイヤモンドが殿下の瞳と同じく輝いており、大変お似合いでございます！」

「アルノー殿下、かっこいい！」

「ふふ……っ！　こんな特殊な眼帯すら似合ってしまうなんて……さすが俺っ！」

側近たちの手拍子《てびょうし》で、アルノー殿下が次々とポーズを変えていく。

……よし、レオン様のところに行こう。

アルノー殿下への評価が、勝手に上がったり下がったりして忙《いそが》しい。

笑《え》みを顔に張り付けたまま、すっかり元気を取り戻したアルノー殿下の執務室《しつむ》を、私は後にした。


迎賓館《げいひんかん》は王宮の隣《となり》に位置しているが、お互《たが》いが広大な敷地《しきち》だ。時間があれば歩いていくこともあるし、適度な運動としてもちょうど良い。けれど、今は一分一秒を争う。当然のように馬車利用。

迎賓館に賓客《ひんかく》が入る期間は、王宮と迎賓館にはたくさんの馬車が常に停《と》まり、お互いが行き来できるようになっていた。迎賓館敷地内の大きな噴水《ふんすい》が車窓から見える。足早に迎賓館の建物内に入った。

警備をする人たちに挨拶《あいさつ》をしながら、エウフェミア様やレオン様がいるはずの応接室に向かった。

応接室の扉《とびら》をノックすると、ゼノンさんが顔を出す。

「ミュラーさん、お帰りなさい」

「あ、ただいま戻りました」

にっこりと親しみを浮かべて微笑《ほほえ》んだゼノンさんに、私は少し顔をのけぞらせた。

……少し近くないだろうか。

そう思っていたのに、彼はさらに私に顔を寄せ、耳元で囁《ささや》いた。

「エウフェミア様とパトリック宰相《さいしょう》が今話してるから……静かに」

彼は口元に人差し指を立てた。

レオン様とエウフェミア様は、応接セットのソファに二人横並びで座っている。エウフェミア様はテーブルの上の書類を熱心に見て、たまに胸のあたりで両手を握《にぎ》り、キラキラとした美しい顔でレオン様に質問しているようだった。

いつの間にか、アンベール副長官がいなくなっている。

レオン様と、エウフェミア様の距離《きょり》は、書類を見ている頭がくっつきそうだ。

……いやいや、これは仕事なのだから。

モヤッとなる気持ちを心の奥底に押し込めた。

レオン様がふと顔を上げ、私と目が合った。鼻のあたりに皺《しわ》を寄せたのは、彼が少し不《ふ》機嫌《きげん》な証《あかし》。……なぜ。

エウフェミア様に「席を外します」と言い、「ミュラー、ちょっと」と私と連れて廊下《ろうか》に出た。

扉を閉めれば、警備の者以外に人はいない。

しんとした廊下を歩く。ひと気のなくなったところで、レオン様が静かに口を開いた。

「どうだった？」

「――――……が、アルノー殿下がおっしゃっていた配慮《はいりょ》すべき点だそうです」

「なるほど。…………ところで、距離が近くないか？」

今私たちの距離はいつも通りだ。

であるならば、先ほどのエウフェミア様とレオン様のことだろう。

「私も……そう思います」

ほんの少し唇《くちびる》を尖《とが》らせる。

仕事だ、と気にしないふりをしながらも、やはりあれほどまでに近づく行為《こうい》。さらにエウフェミア様からの好意がどういうものかは分からないにせよ、ある程度の好意を持ってレオン様のそばにいるというのは、妻としては気持ちの良いものではない。

普段《ふだん》『鬼宰相《おにさいしょう》』という恐怖《きょうふ》で、レオン様に近づく人がほとんどいないことがありがたいことだったのだと実感した。

「……エウフェミア様、宰相閣下に近すぎです、よ」

誰《だれ》もいない廊下の壁際《かべぎわ》で、私はレオン様の袖《そで》をクイッと引き、チラリと彼を見上げた。

最近レオン様と交流がない。

屋敷《やしき》にも帰ってこられないし、宰相室に二人で滞在《たいざい》することもほとんどない。

そんなときに、他《ほか》の女性と仲良くしているのを見せつけられて……。

レオン様に率直《そっちょく》に「近くないか？」と言われれば、そりゃあれは近すぎに決まってますよ!?　と拗《す》ねたくなってしまう。

思いもよらないところで、自分の仕事モードがいきなり解除されてしまった。

ダメダメ！　私はシャルロット・ミュラー。宰相室専任補佐《ほさ》官！

クリスティーヌが表に出てこようとしていることに、仕事人としてあるまじきことだと縮こまりつつ、もう一度レオン様を見上げた。

すると彼は――手で顔を覆《おお》っていた。

……ほんの少し耳が赤い気がする。

「宰相閣下？」

彼は咳払《せきばら》いをしてから、身をかがめた。

「――私が言ったのは、きみと聖騎士の距離の話だったのだが」

「……？」

私と聖騎士？

きょとんと首を傾《かし》げると、ようやくゼノンさんとの距離のことかと思い至り、勘違《かんちが》いしたことに一気に全身が熱くなった。

私がエウフェミア様とのことに複雑な気持ちになっているのでは、と気付いたレオン様が私を安心させるために言ったのかと思ったけれど、見当違いだったようだ。

そうか、そっちか。

確かにゼノンさんは距離が近いかもしれない。

この前、ヴィクトルさんのときに注意されたばかりだから、もうあの注意を忘れたのかと思われたのだろう。

いえいえ、覚えていますよ。大丈夫《だいじょうぶ》。

恋愛《れんあい》至上主義が栄えた我が国。

責任を果たさなかった場合に賠償《ばいしょう》が発生するようになろうとも、まだまだ恋愛脳な人は多い。

距離が近いのを許すと、「この人なら簡単にイケる」と思わせるのだそうだ。

きっとレオン様はそれを懸念《けねん》しているのだろう。

ゼノンさんは我が国の人ではないから大丈夫だと思うけれど。

パタパタと熱くなった頬《ほお》を手で扇《あお》ぎながら、ごまかすようにヘラッと笑った。

「えっと、私も彼は少し距離が近いなと思っていました。気を付けますね」

「そうしてくれ。――私も気を付ける。これからいくつかのチームに分かれることになった。私はエウフェミア様たちの王都案内をしてから、紡績《ぼうせき》工場を見に行く流れとなった。きみも一緒《いっしょ》に来てくれ」

「承知しました」

「……今日こそ、屋敷に戻《もど》りたいとは思っているのだが」

「ふふっ。使節団滞在中は休みなしですものね。ちゃんと理解しておりますので、ご無理なさらず」

きっと私が不安げにしたために、無理をしてでも帰ろうとしてくれているのだろう。

その気持ちだけで充分《じゅうぶん》だ。

私はえへへ、と頬を緩《ゆる》めた。レオン様がしばらく私を見つめた後、小さくため息をつき、くるりと方向転換《てんかん》をする。歩み始めた彼は……私の頭をポンと撫《な》でた。

「──私がきみを構いたいだけだ」

スタスタと歩き始めたレオン様に、私はその場でポカンと立ち尽《つ》くした。

「ほら、行くぞ」

「……は、はいっ」

振《ふ》り向いたレオン様は優《やさ》しく目を細めている。私を見つめる瞳《ひとみ》があまりにも優しくて、家にいるときのようで。

一瞬《いっしゅん》で顔が火照《ほて》った。慌《あわ》てて返事をし、小走りで追いかける。

──誰もいなくて良かった。

こんな顔、恥《は》ずかしくて見せられない。

頬に手を当てながら、前を行くレオン様に追いつこうと懸命《けんめい》に足を動かした。

忙《いそが》しさのあまり考えないようにしていたけれど……こんな風にさりげなく触《ふ》れられると、もっと触《さわ》って欲しいと――。

夫婦《ふうふ》の時間が全然取れないことに寂《さび》しさを感じているのだと改めて気づかされ、切ない思いと共に、肩《かた》を落とした。


「あれはっ！　も、もしかしてチョコレイトでは⁉」

ゼノンさんが目をキラキラと輝《かがや》かせながら、店の中のショーケースに並べられているチョコレートを店の外から見て、周りの人が振り向くほどの声で言った。

王都の表通りは賑《にぎ》わいを見せている。

本来であれば警備のためにこの表通りは封鎖《ふうさ》する予定だったが、普段の街並みを見たいという使節団側の要望で、街には人が溢《あふ》れていた。

随分《ずいぶん》前の方に、エウフェミア様とレオン様たちの小さな集団が見える。

私たちは王都観光からの紡績工場コース。

他にも治水事業視察コースや、絵画修復コースもあった。

私とジャックさんは、ふらふらと店に吸い寄せられたゼノンさんに付き添《そ》っている。

ゼノンさんは、どうやら使節団の他の人たちとあまり親しくないようだ。通常とは別の場所で聖騎士《きし》の訓練をしていたようで、知り合いが少ないらしい。

カリアス大神官がねじ込んだという。エウフェミア様も彼の姪《めい》だし、今回の使節団のメンバーは、大神官の個人的采配《さいはい》が大きいようだ。

「そうですよ。ここのお店はチョコレート専門店です。食べてみますか？」

地域課のジャックさんはニコニコと笑顔《えがお》で、彼を店の中に案内した。

ゼノンさんは、前のめりになり、チョコレートが並んだショーケースにかじりついている。

「美しい光沢《こうたく》に深みのあるブラウン……口の中でまろやかに溶《と》けていくという、これがあのチョコレイト……っ」

「召《め》し上がったことはないのですか？」

随分詳《くわ》しいが、この喜びようは食べたことはなさそうだ。

「ないです。読んでいた本に出てきて、その時から憧《あこが》れていて」

「試食をお願いしましょうか」

ジャックさんの言葉に店主がショーケースの上にお皿を出し、数種類のチョコレートを丁寧《ていねい》にカットして差し出した。

大きく目を見開いたゼノンさんは、お皿の上のチョコレートと私たちを交互《こうご》に何度も見ている。

「あの、試食ですので……よろしければ召し上がってください」

私が言うと、ゼノンさんは「そんな仕組みが！」とさらに刮目《かつもく》した。どうやら神聖国には試食文化がなかったらしい。

ゼノンさんは恐《おそ》る恐る手を伸《の》ばし、摘《つ》まんだチョコレートをしげしげと見つめた後、口に運んだ。その瞬間《しゅんかん》、表情が一変した。

彼の顔には、驚《おどろ》きと感動が入り交じっている。

「これは……これは本当においしいですっ！　本に書いてあったとおり、口の中でとろけた！　甘さの中にほんのりとした苦みと深い味わい……素晴《すば》らしい」

うっとりとした目で、頬に手を当てた。

「お好きなものをお選びください。よろしければ皆様《みなさま》の分も包んでもらいましょう」

ジャックさんがにこやかに言うと、ゼノンさんは目を見開く。ジャックさんの手を両手でガシッと包み込んだ。

「……ジャックさん！　きみは良い人です！　ありがとう」

ゼノンさんは熱心にチョコレートを選ぶ。店を出るときには、彼の手には美しい包装紙に包まれたチョコレートの袋《ふくろ》が二つ、しっかりと握《にぎ》られていた。

チョコレート効果だろうか。

ゼノンさんはすっかりジャックさんに気を許したようで、肩でも組みそうな二人の後から、私は苦笑《くしょう》しながらついて行った。

――きらびやかなお菓子《かし》を見ていると、ついお菓子当てゲームのことを思い出してしまう。

ポケットに入っている小さなケースに手を当てる。顔が緩んだ。

私はすでに免許皆伝《めんきょかいでん》。

……いや、お墨《すみ》付きをもらったわけではないけど。「まぁいいだろう」と言ってもらえたから及第《きゅうだい》点はもらえているはず。

私、頑張《がんば》った。

「ゼノンさんはエウフェミア様とご親戚《しんせき》ですか？」

「え？　どうして？　あ、ジャックさん、僕あれも食べてみたいです！　ミュラーさん、これ持っててもらえますか」

またしてもゼノンさんはふらふらと店に吸い寄せられ、今度はキャンディーのお店に立ち寄った。私の両手にチョコレートの袋を持たせて。

レオン様たちと離《はな》れすぎていないだろうかと通りの前方に目をやったけれど、すでに彼らは人混《ひとご》みの随分《ずいぶん》先の方に行っていて、ほとんど見えない。

かろうじて長身のレオン様の銀髪《ぎんぱつ》の頭がひょこっと見えた。

きっと今頃《いまごろ》エウフェミア様は、はしゃぎまくっているゼノンさんのように、レオン様の隣《となり》で仲良くお話をしていることだろう。

――そしてなぜ私はレオン様のそばではなく、ゼノンさんのそばに……？

この状況《じょうきょう》に、思わず自分で自分に問いかけてしまった。

ジャックさんと共に最後尾《さいこうび》を歩いていたら、ゼノンさんが列から離脱《りだつ》するのが見えて、慌てて追いかけただけ。

ゼノンさんは聖騎士で……護衛なんじゃ？

護衛が列から外れて良いのだろうか。

小首を傾《かし》げながらも、色とりどりのキャンディーを購入《こうにゅう》したゼノンさんは、満足げな顔で店から出てきた。

「そういえば、さっきのエウフェミア様と親戚かっていうのはどうしてそう思ったんですか？」

ゼノンさんが口にキャンディーを一つ入れ、ジャックさんに問いかける。

「耳の形がよく似ていたので、血縁《けつえん》関係があるのかと」

「――エウフェミア様は僕の遠戚《えんせき》になるんです。顔立ちが似てると言われたことはないから驚きました」

すごいですね、とジャックさんに微笑《ほほえ》みかけたゼノンさんは、ジャックさんに購入したばかりのキャンディーをあげていた。

「ジャックさんは人の顔を覚えるのがとても得意なんですよね。変装も見破っちゃうんですよ」

同僚《どうりょう》が褒《ほ》められたときに、なぜか我がことのように嬉《うれ》しくなる現象はなんなのだろうか。

ジャックさんはちょっと口は軽いけど、まじめで良い人だしコミュニケーション能力が高い。そして王妃《おうひ》様の変装すら見破るほどの能力の持ち主。

すごいだろ、と得意げに頷《うなず》いていたら、ゼノンさんはクスッと笑い、今度は私にキャンディーを渡《わた》そうとして……買い物袋《ぶくろ》で両手がふさがった私をじっと見て苦笑した。

心外だ。あなたの買い物の荷物を持っているのだが。

何かを見つけるたびにキラキラと目を輝かせるゼノンさんを見ながら、「小さい時の弟みたいだ」とジャックさんは頬《ほお》を綻《ほころ》ばせた。私に弟はいないけど、同意見。

保護者目線で見守るかのような、微笑ましい気持ちになっていたのだが。

ゼノンさんは、手で摘まんだキャンディーと私を交互に見比べた後——私の唇《くちびる》にそれを押し付けようとする。

「……っ!?」

「え、だって両手ふさがってるから食べられないですよね?」

両手がふさがってるから代案として口に入れてあげようとしているだけ、と何の他意も見せないような無邪気《むじゃき》さ。

呆気《あっけ》にとられ、自分の目がまん丸になっているのが分かる。けれど、絶対に口には入れさせないように一文字に口を引き結んだ。

「……ミュラー補佐《ほさ》官。そっちの荷物、僕が持ちます」

ジャックさんが苦笑しながら、私の荷物を受け取ってくれた。

口に入れられるのはなんとか阻止《そし》したキャンディーを、手で受け取る。「ありがとうございます」と苦笑しながら口に入れた。

ゼノンさんは「なるほど、荷物の方を持ってあげればいいのか」と納得《なっとく》したように手をポンと打ち合わせていた。

……この人、大丈夫《だいじょうぶ》だろうか。

「そうですね。我が国ではこのような行為《こうい》は、親密な者同士でのみおこなうことですので……」

「え、もう僕たち『親密』じゃないんですか？」

きょとんとしたゼノンさんに、私とジャックさんは思わず視線を合わせた。

ズレているような気がするのは、国が違《ちが》うからか……それともゼノンさん自身がズレているのか、はたまた言語の違いのせいか。

「ここで言う『親密』とは、夫婦《ふうふ》や家族、恋人《こいびと》関係のことを意味しています」

「……なるほど」

顎《あご》に手を当てたゼノンさんは、何か考えこみながら歩みを進め始めた。

王都の表通りは小さな石がきちんと敷《し》き詰《つ》められ、歩くたびに足元から心地《ここち》よい音が響《ひび》く。建物の外観はさまざまだが、時折花やハーブが飾《かざ》られていて、色鮮《いろあざ》やかな姿は人々の目を楽しませていた。

商店からは先ほどのようにお菓子を扱《あつか》うお店だけでなく、焼きたてのパンやスパイスの香《かお》りも漂《ただよ》っている。

ゼノンさんは目新しそうに常にきょろきょろしていた。

聖騎士《きし》の服は当然のことながら珍《めずら》しく、異国の人であることを物語っていて、ちらちらと通行人が興味を示している。

けれどそこは王都の住人。文官である制服の私たちが付き従っている時点で賓客《ひんかく》であることは充分《じゅうぶん》承知のようで、決して声をかけてくることはないし、一定の距離《きょり》を保っている。

それはエウフェミア様とレオン様たち一行も、きっとそうだろう。

近づきすぎると、拘束《こうそく》されてしまうのだ。

私たちの後方には、当然のことながら護衛が付いている。声をかけるわけでもないが、付かず離れずで周囲に気を配ってくれていた。うちの国の護衛は基本的に喋《しゃべ》らない。影《かげ》のように付き従う。

聖騎士は違うようだ。ジャックさんと友達のように話すゼノンさんを見て、しみじみと思った。……いや、ゼノンさんの印象があまりに強すぎて、他《ほか》の聖騎士のことをほとんど知らないのだけど。

今度は武器を売るお店にふらりと入ったゼノンさんに、私は尋《たず》ねた。

「聖騎士とは、やはりお強いのですか？」

「うん。もちろん強いですよ。聖騎士は小さい頃《ころ》から訓練して鍛《きた》えてますしね」

ふふん、と自慢《じまん》げだ。

「我が国の騎士とどちらが強いでしょうか？」

今度はジャックさんが前のめりで尋ねた。

「残念ながら、自国外での手合わせは禁止なんです」

店頭に並んだ剣《けん》をじっと見つめ、ブレード部分をコンコンと叩《たた》きながら弾《はず》むような声で言った。

ジャックさんが「それは残念です」と苦笑《くしよう》する。

ゼノンさんはそれを見て、少し慌《あわ》てた。ジャックさんががっかりしたと思ったのだろうか。

「で、でも……！　演武ならお見せできますよ⁉」

「本当ですか!?　見てみたいなぁ」

次から次に剣を見ながらも、二人は演武を見せる日時を決めていた。

……そんなの、私だって見たいに決まっている。

「あの。私も見たいのですが」

おずおずと小さく手を挙げて言うと、ジャックさんとゼノンさんは顔を見合わせ、「もちろんですよ」と笑った。

ゼノンさんは騎士特有のがっちりした筋骨隆々《りゅうりゅう》の体格というわけではないが、やはりかなり強いのだろう。聖騎士の戦い方とはどんなものだろう。胸が高鳴る。

その時、なめらかな美しい声が聞こえた。

「こんなところにいたのですね。捜《さが》しましたよ、ゼノン」

柔《やわ》らかなウェーブのプラチナブロンドを飾るように、赤いタッセルのフィラロスが揺《ゆ》れていた。

「エウフェミア、様」

ゼノンさんが「見つかってしまった」と小さく舌を出した。

ゼノンさんの青い髪《かみ》には、輝《かがや》くような光沢《こうたく》のある青いフィラロスが飾られている。カリアス大神官は緑のフィラロスだ。

同じ色を着けている人もいるが、大体がばらばらで、この色の違いについては「宗教上のものなので気にしなくて良い」と教えてはもらえなかった。

エウフェミア様の後ろに、レオン様の姿が見えた。

私たちの大量の荷物を見て、何がどうなっていたのかを皆《みな》察したのだろう。

エウフェミア様に付いていた聖騎士が私たちの荷物をひょいと持ち「申し訳ございません……」と目を伏《ふ》せながら言った。

「ゼノン。皆さんを困らせるようでしたら――」

「いえっ！　困らせたわけではないかと」

「勝手な行動をしない約束でしょう？」

「……はい」

エウフェミア様は優《やさ》しい口調ながらも、確固たる意志があった。シュンとしたゼノンさんが、さらに年若く見える。

聖騎士たちの中でゼノンさんは明らかに一番若い。

エウフェミア様の遠戚だから連れて来られたのだろうか？

「ミュラーさんとジャックさん、でしたね？　ゼノンが面倒《めんどう》をおかけして申し訳ございません」

深々と頭を下げられ、こちらが恐縮《きょうしゅく》してしまった。

「いえっ、楽しんでいただけたなら何よりです」

ジャックさんがエウフェミア様に見つめられ、頬を染めた。

エウフェミア様がくるりと振《ふ》り向き、レオン様に小声で何かを言っている。ふふっと笑った彼女は絵本に出てくる神々《こうごう》しい聖女のようで、レオン様の横に並ぶと非常に絵になる。

この光景と、この重苦しい胸の痛みには覚えがある。

レオン様がアイリーン課長の頭を撫《な》でたあの時だ。

あの時と違うのは、レオン様の気持ちを疑ってはいないということ。

けれど……だからと言って、寂《さび》しさを感じないかと言えば嘘《うそ》になる。

今の私は大きな眼鏡《めがね》にひっつめた一つ結びに地味メイク。貸与《たいよ》された制服のジャケットはかっこよくて好きだけど、エウフェミア様の繊細《せんさい》に刺繍《ししゅう》されたドレスとは比べようもない。

この仕事に誇《ほこ》りを持っている。

この姿だって、仕事をスムーズに進めるうえで合理的な格好だと思っている。

──分かってはいるのに、比べてしまう。

レオン様が素敵《すてき》すぎるから。彼の隣《となり》には自分よりもっとふさわしい人がいるのではないかという思いが、最近湧《わ》き出てくる。

顔は笑《え》みを浮《う》かべながらも、誰《だれ》にも気づかれないようジャケットの裾《すそ》をギュッと握《にぎ》りしめた。

エウフェミア様と共に来た女性たちも、我が国の文官や護衛騎士と仲睦《なかむつ》まじく話をしていた。


夜空には静寂《せいじゃく》が広がっていた。川の流れのように、夜空を雲がゆっくりと流れていく。

皓々《こうこう》とした月が姿を現し、月明かりが窓辺に柔《やわ》らかな光を運んできた。

バルコニーから、一台の黒い馬車が敷地《しきち》内に入ってきたのが見える。

――レオン様だ。

すでに日付は変わっている時間だが、彼は約束通り帰ってきてくれた。

今日はあのあと、エウフェミア様とレオン様の真後ろを、ゼノンさんと私たちが歩くことになった。

ゼノンさんをエウフェミア様の近くに置いておくことで、勝手にどこかに行かないように、との意味があったらしい。

その結果、私はレオン様とエウフェミア様の会話をまざまざと聞かされることになった。

彼女はレオン様に色々なことを質問した。

国のことや商業のことはもちろん、レオン様のプライベートな内容もたくさんあり。

「わたくしみたいな女って、こちらの国では敬遠されるのでしょうか……？」

彼女はチラリとレオン様を見上げる。その仕草はどこかわざとらしいような気もするけれど、レオン様はにっこりと笑って「エウフェミア様を不快に思う人はいないのでは？」と答えていた。

「まぁ！　嬉《うれ》しいわ。パトリック宰相《さいしょう》も、そう思っている……ということでよろしいのよね？」

「そうですね」

張り付けた笑顔のまま言ったレオン様。

エウフェミア様はふふっと微笑《ほほえ》み、レオン様の肩《かた》にそっと手を触《ふ》れようとした……のを、レオン様が逆方向の神官へ声をかけることで回避《かいひ》。

──明らかな好意を見せられている。

けれど、彼女はレオン様に『伴侶《はんりょ》や恋人《こいびと》はいるか』という質問は決してしない。

──レオン様だって、「自分は結婚《けっこん》してます」くらい言ってくれてもいいのに……。

内心ではそう思っている。

私の夫なのに、と思っている。

でも、聞かれてもいないのに「結婚してます」とは言い難《にく》いのも分かる。

……私はきっと言えない。

はぁ、と大きくため息をついたそのとき。

「まぁ、私は妻以外に興味はないのですが」

レオン様がとんでもなく清々《すがすが》しい笑顔で言い放つ。

エウフェミア様の顔が――ピキッと固まっていた。

真後ろについて歩いていた私は、嬉しくて胸がぐっと詰《つ》まる思いでいっぱいだった。


――本を読んでいると、扉《とびら》をノックする音がした。

「はい、どうぞ」

湯あみを済ませ、まだ髪も乾《かわ》かしていないレオン様が入ってきた。前髪《まえがみ》から雫《しずく》が落ちる。

それが妙《みょう》に煽情《せんじょう》的で、顔が熱くなる。思わず目を逸《そ》らした。

「起きていたのか。待たせて悪い」

レオン様がベッドに座っている私の隣に腰《こし》かけた。

「本を読んでいたので。……おかえりなさい」

「ただいま。クリスティーヌ」

私の指の間に、レオン様の指が絡《から》まる。肌《はだ》がぞくりと粟立《あわだ》った。

レオン様の深い青色の目が近づく。レオン様に近づかれると、いつだってドキドキと胸が高鳴ってしまう。

頬《ほお》に手が添《そ》えられ、優しくなぞるような口づけがされた。

「……ん」

背中に手が回され、胸が押しつぶされるほど、ギュッと強く抱《だ》きしめられた。

自分の心臓の音が、レオン様に聞かれてしまいそうだ。

「──はぁ。やはり接待はしんどいな……長期間だし」

私の首に顔を埋《うず》めたまま喋《しゃべ》るので、くすぐったくて笑ってしまった。

レオン様が私の肩に手を回し、こめかみにキスをした。

「大変ですけど……使節団の皆様《みなさま》が楽しそうにしてくださるのは嬉しいですね」

「──きみも楽しそうだな」

「え？」

「聖騎士《きし》のゼノンという若者と、随分《ずいぶん》仲良くやっているとか？」

「……………あの方、なんだか子どもみたいですよね？」

私よりも少し若いくらいに見えていたが、言動があまりに子どもっぽい。

どうも不可解で、私が眉《まゆ》をひそめながら首をひねると、レオン様がくすりと笑った。

「レオン様は、エウフェミア様たちとどんなお話を？」

「ああ、明日の早朝会議で報告しようかと思っていたが、神聖国はやはり聖石の産地だそうだ」

「では国の行き来をしないのは、その関係もあるのでしょうか」

聖石は、湖や川の底に眠《ねむ》っている。

もちろん、どの水辺にでもあるわけではない。規則性などなく、唯一《ゆいいつ》分かっているのは、採れる場所はどこも森の奥の透明度《とうめい》の高い水辺だということ。

それは神々がもたらしたプレゼントだと、今でも言われている。

――かつて聖石をめぐって戦争が多発した。

貴重な資源がそこからのみ採掘《さいくつ》されるのだから、血気盛んな国は奪《うば》いたくてたまらなかったのだろう。たくさんの血が流れた。

とある国の聖石採掘場でも戦いがおこなわれた。

聖石が眠る湖にも血が流れ、湖は一面血の海になったという。

惨殺《ざんさつ》の限りをし尽《つ》くした侵略者《しんりやく》が聖石を採ろうとしたとき――。

聖石は一切《いっさい》の輝《かがや》きを失い、ただの石ころになっていたらしい。

ひとつ残らず、すべて。

それ以来、聖石産出国は神々に守られた国として不可侵《ふかしん》となった。

我がスラン王国は聖石の産出国ではなく、輸入に頼《たよ》るのみ。手に入れるためには大きな金銭が必要となる。

「そうかもしれないし、他《ほか》の理由があるのかもしれない。それが明かされることはなさそうだし……ジュリエッタ様のことも気になる」

「ジュリエッタ様とは、国王陛下の……？」

「ああ、嫁《とつ》いだとされた先がエルドリア神聖国だったんだ」

三十年以上前に国王陛下に婚約破棄《こんやくはき》されたジュリエッタ様。嫁いだ先が神聖国だったとは。きっと秘匿《ひとく》されていたのだろう。

――何かが引っ掛《か》かった。

「今日――皆《みな》さん楽しそうでしたよね」

「そうだな。あちらの女性陣《じん》も随分フレンドリーなのか、最初から全員のミドルネームを聞いてきたし、文官や護衛と親しげに話していたからな」

最初の歓迎パーティーで自己紹介をしたあと、神聖国の女性たちは顔を見合わせ、我が国では普段使わないミドルネームを聞いてきた。仲良くしようとしているのだろう。

「そうでしたね……。あ」

「なに？」

「……結婚してるって言ってくれて……ありがとうございます」

俯《うつむ》きながらも、肩に回されたレオン様の手をきゅっと握《にぎ》った。

「当たり前だろ。それ系の話は、全部一般論《いっぱん》しか答えてなかったしな。いい加減面倒《めんどう》になった」

「でも……はっきり言ってくれて嬉しかったです」

「愛《いと》しの妻が、真後ろでどんどん顔色を悪くしていくからな」

「なっ!?　か、顔色を悪くしてなんてっ」

クスクス笑うレオン様は、額、こめかみ、目じりと、啄《ついば》むような口づけを移動させてくる。

嫉妬《しっと》していたのが顔に出ていたのか!?　それではあまりに社会人失格……!

わたわたと慌《あわ》てていると、レオン様は唇《くちびる》にふわりとキスをした。

「……きっとそうだろうな、と思っただけだ。うちの妻は最高にかわいいから」

「またっ、すぐからかう」

ふわりと身体《からだ》が傾《かし》いでいき、ポスッとふわふわのクッションに頭が埋《う》もれた。

見える限りの視界がレオン様で占《し》められている。私を押し倒《たお》した彼の、まだ濡《ぬ》れた髪《かみ》の雫がぽたりと私の顔に落ちた。

唇の端《はし》をつり上げたレオン様は「今は、クリスティーヌ……だろ?」と低い声で囁《ささや》く。

舐《な》めるような、思わせぶりなまなざしに目が離《はな》せない。

「あ、明日も仕事ですよ」

「ん。大丈夫《だいじょうぶ》。問題ない」

問題ない、そう言ったレオン様はしばらく考えてチラリと時計を見た。

「……クリスティーヌ。明日何時出勤だ？」

「明日、というか、もう今日なのですけど……朝から視察なので、その前に早朝会議が」

「――もしかしてなんだが。睡眠《すいみん》時間が……すでにほとんどなくないか？」

「そうですね」

「…………寝《ね》るか」

「そうですね……」

二人して大きなため息をついた。

第三章

エルドリア神聖国使節団②

迎賓館《げいひんかん》の裏庭。

本来は洗濯《せんたく》物など干したりするようなだだっ広い場所で、聖騎士二人が向かい合っている。

そのうちの一人はゼノンさんだ。

二人を中心に円を描《えが》くように、人々が見守っている。カリアス大神官をはじめとする使節団。スラン王国の使節団対応チームにクロード殿下《でんか》も。もちろんレオン様も私もいる。

カリアス大神官が、聖騎士二人を見ながら呆《あき》れたようにこめかみを押さえた。

私たちに演武を見せたいと言ったゼノンさんに、カリアス大神官は当初「そのようなこと……」と反対だった。

けれど、結局許可をもぎとったらしい。

ゼノンさんがジャックさんと私に手を振《ふ》る。

手を振り返すと、彼はにこりと笑って、また前の聖騎士を真剣《しんけん》なまなざしで見据《みす》えた。

「……やっぱりあいつ、きみになれなれしくないか」

真横にいたレオン様が私にしか聞こえないようなボリュームで、不服そうな声を出す。

「でも演武が見られるのは彼のおかげですよ」

誰《だれ》にも会話しているとは気づかれないほどまっすぐ姿勢正しく立ち、ほとんど口を動かさずに喋《しゃべ》っている。

「宰相《さいしょう》閣下も見たいでしょう?」

「それは……確かに」

そう。皆見たいのだ。

聖騎士《きし》の戦いというものを。


──円の中央で向き合った二人が、剣を構えた。

何かを唱えたと思ったら、二人の剣は青白く光を帯びる。

──二人が消えた。砂ぼこりだけ残して。

え?　と思ったら、上空で金属の音が響《ひび》いた。見上げると、人間がジャンプできない場所で火花を散らし、剣を交えている。

地上に降りてきた彼らは、くるくると舞《ま》い踊《おど》るように剣を合わせる。

青白い光は残像を残し、線を描いていた。

ゆったりと。時に人間離《ばな》れしたスピードで。

緩急《かんきゅう》つけたその演武に、人々は魅入《みい》られた。

頭を飾《かざ》る二人のフィラロスが揺《ゆ》らめく。

ゼノンさんは海のような青い色、もう一人の聖騎士は黄緑のフィラロス。

幻想《げんそう》的で人間離れした動きは未知なる力を感じさせ、神の力を感じざるを得なかった。


演武が終わった瞬間《しゅんかん》、拍手喝采《はくしゅかっさい》が沸《わ》き起こる。

レオン様ですら「これは……素晴《すば》らしいな」と笑っていた。

私たちは神々の力の一端《いったん》を見たと思ったのだけど。

「いやぁ。これ、剣が聖導具になっているだけです。身体強化とか色々。もちろん普通《ふつう》の人は使えませんし、聖騎士にしか剣も作動しませんけどね。聖騎士におとぎ話の魔法《まほう》のような特殊《とくしゅ》な力があるわけではないですよ」

にっこりと笑ったゼノンさんは汗《あせ》を拭《ふ》きながらも、皆の喜ぶ顔を見て誇《ほこ》らしげだった。


王宮の中庭では、噴水《ふんすい》が月明かりに照らされながら、静かに水しぶきを奏《かな》でていた。

女性たちはエレガントなドレスに身を包み、華《はな》やかなジュエリーがシャンデリアの光を浴びて輝《かがや》く。

男性たちは多くがタキシードやフロックコートを身にまとい、紳士《しんし》的なふるまいで彼女たちをエスコートする。

その中に、エルドリア神聖国の神官服や聖騎士の服を着た人がいる。そして清楚《せいそ》なドレスを身にまとった聖女様も。

壮大《そうだい》なホールに音楽が響き渡《わた》っていた。

私はレオン様の隣《となり》にいる。

これぞバスティーユ公爵《こうしやく》夫人というべき華やかに着飾《きかざ》った姿で、にこやかに笑《え》みを浮《う》かべながら立っている。

──なぜこの姿で!?

周りには普段なら文官の服を着ているであろう見知った顔が何人もいる。

今日は我が国の貴族たちと使節団との交流会……という名の大規模なパーティー。

私は当初、『シャルロット・ミュラー』として、眼鏡《めがね》をかけ、地味な格好をして参加予定だった。

その予定がくるったのは、エウフェミア様の一言。

「わたくし、パトリック宰相の奥様を拝見したいですわ」

レオン様が「妻以外に興味ない」なんて言うからこんなことに！

エウフェミア様は入国から今に至るまで、レオン様を気にかけている素振《そぶ》りを見せている。

……嬉《うれ》しかったけども！

エウフェミア様は未婚《みこん》。聖女は未婚が必須《ひっす》だから。

けれど、長年やるものではなく、結婚を機に聖女の座を退いていくのだという。

あまり人前に出ることがないという『クリスティーヌ・バスティーユ』の噂《うわさ》はすでに独り歩きしている。

絶世の美人だとか、才色兼備《さいしょくけんび》だとか、溺愛《できあい》されているとか……。

……全部外れている。申し訳なさが募《つの》る。

レオン様からの好意は確かに感じるし満足しているけれど……溺愛とは、アレでしょ？　人前でベタベタとくっついたり、あからさまに他《ほか》の人を牽制《けんせい》したり、閉じ込めて放さなかったりするやつ。

私とて、レオン様と新しい契約《けいやく》を結んだその後、今一番人気だという恋愛《れんあい》小説を一冊読んでみたのだ。なぜか読んでいることが恥《は》ずかしくなり、レオン様にバレないようこっそり読んだけど、そんな感じのことが書かれていた。だから、愛されてはいると思うけれど、溺愛されているわけではない。

レオン様は、そういうのとは無縁《むえん》のところにいそうだ。

そんな状態なのに、絶世の美人で才色兼備の溺愛されている妻を、エウフェミア様は見たいという。

――いない。

そんな人、いない。

いないのにどうすれば!?　と混乱するのは人として当然のこと。

穏《おだ》やかながらも、なにか企《たくら》んでいるかのようなエウフェミア様の言葉に、扉《とびら》付近でその話を聞いていた私は冷や汗が噴《ふ》き出ていた。

――そんなこんなで、パーティーの日は公爵家のメイド総動員で『バスティーユ公爵夫人絶世の美女計画』が実行された。

……私が一人で思っているだけだが、着飾っていることだけは確かだ。

「これほどまでに奥様を飾り立てることができ……私たちは感無量ですわ」

侍女《じじょ》のターニャが涙《なみだ》ぐんでいる。

「なんて美しいのでしょう！　この国一番の美しさです」

……そんなわけないでしょう。

とはいえ、頑張《がんば》って私を飾ってくれる人にそんなことは言えないけど。

私は【ナイト・ルミエール】に行ったことはあるが、あそこは自由参加。

国主催《しゅさい》の公式パーティーに『クリスティーヌ・バスティーユ』として出席したことはな

いため、実はかなり緊張《きんちょう》している。もちろん仕事で宰相室専任補佐《ほさ》官として出たことはあるが、気の持ちようが全然違《ちが》う。

――そんなこんなで、今現在レオン様にエスコートされているバスティーユ公爵夫人である私は、見知った顔の中、「誰のことも知りませんよ」という素振りを見せながら微笑《ほほえ》んでいる。

少し離れたところにいるステファン室長と目が合った。

彼はクッと笑い、持っていたグラスを軽く上げて目の前のアイリーン課長との会話を続ける。

ステファン室長にバレているのは知っている。

……あとは⁉　他は誰が知っているのだろうか⁉

別に知っていても良いのだが……理解してもらえるだろうか。この気恥《きは》ずかしさ。普段地味に生きている人間が「無理して着飾ってきましたぁ！」というのを見られる、なんとも複雑なこの気持ちが。

先ほどエウフェミア様たちには挨拶《あいさつ》をした。

「他にも挨拶をしてまいりますので」

レオン様がそう言ったので、私たちはひたすら挨拶に回っている。

エウフェミア様に質問攻《しつもんぜ》めをされそうだったからというのもあると思うけれど。

クロード殿下《でんか》とエリザベート妃《ひ》殿下《でんか》が、ニコニコしたまま私を見ている。

先ほど挨拶を済ませた私も同じように唇《くちびる》の端《はし》をつり上げ、笑みを浮かべ続けているが、化かし合いのようなこの場がいたたまれない。

「パトリック、ようやく人前に出したな」

「閉じ込めていたわけではありませんが」

「周りはそうは思わないだろ」

いつものようにクスクスと朗《ほが》らかな笑みを浮かべるクロード殿下は、「クリスティーヌ・バスティーユ」としてここに立つ私が、「シャルロット・ミュラー」であることはきっとご存じなのだろう。レオン様とクロード殿下の仲だし。

そういう話をしたことはないけれど。

クロード殿下は、いつもは私をただの「ミュラー補佐官」として扱《あつか》ってくれるから、今日はクリスティーヌとして扱ってくれるのだろう。

「バスティーユ夫人も挨拶回りで疲《つか》れたのではないか？」

「いいえ。なかなかこのような機会がございませんでしたので……皆様《みなさま》に挨拶ができ、光栄でございます」

「まぁ、本当にかわいらしいお方。パトリック宰相《さいしょう》が大事にするのもよく分かるわ」

ふっくらとした唇を綻《ほころ》ばせたエリザベート妃殿下とは、仕事上でもほとんどお話ししたことがない。

けれどきっと妃殿下も私の正体を知っているのだろう。この夫婦《ふうふ》はとても仲が良い。

仮面夫婦だった国王夫妻とは違うのだ。

国王夫妻はあの日——新しい法律ができた後からお二人揃《そろ》って体調を崩《くず》されていて、現在に至るまで離宮《りきゅう》で静養中である。

心配ではあるが、はっきり言って執務《しつむ》になんの支障もないため、我々《われわれ》文官は全く困っていない。

困っているかもしれない人……と言えば『黒の王子と金の乙女《おとめ》』の本の販売《はんばい》部数が激減した書店や、上演が中止された劇場だろうか。

けれどそれもすぐに新しいものに入れ替《か》わり、人気を博している。

困っている人は……やはり、あまりいないかもしれない。

クロード殿下に譲位《じょうい》を、という話もすでに数多《かずおお》く上がっている。

「今度ぜひお茶をご一緒《いっしょ》しましょう」

妃殿下に言われ、「はい、喜んで」と言ったものの——。

……それはクリスティーヌとして、だろうか。

それともミュラー補佐官としてだろうか、としばらく思案に暮れた。

至る所で使節団の方々と我が国の交流が図《はか》られている。

使節団の女性の中で、艶《つや》やかな黒髪《くろかみ》の美しい方がいるのだけど、今その人は一人の文官と大変親しげに話していた。和《なご》やかで良いなと思っていたのだけれど、クスクスと楽しそうに笑いながら、何度もさりげなく文官の腕《うで》に触《ふ》れていたのが……ふと気になった。

少し離れたところで、黒い眼帯をつけたアルノー殿下がエウフェミア様たちと話している。

シュピンとポーズを決める手は相変わらずではあるけれど、いつもより少し控《ひか》えめ。ついでにステップは踏《ふ》んでいない。回転もしていない。

臨機応変が出来たようだ。

そんなアルノー殿下とお話しされるエウフェミア様が、今まで見ていた微笑《びしょう》とは違い、楽しそうに笑っている。

それを見た私を含《ふく》めた人々はきっと同じことを思っただろう。

「さすがはアルノー殿下！」と。

私も初対面であの仕草をされて、笑いを堪《こら》えられる自信はない。

……実際、堪えられなかったし。

微笑ましくその様子を見ていたら、アルノー殿下がとある一点を見て大きく目を見開いた。

明らかに驚《おどろ》いたその様子に、私は彼の視線を追う。

そこではカリアス大神官と聖騎士《きし》たちが談笑している。

アルノー殿下の口が「青……」と言った気がした。

彼はしばらくそちらを凝視《ぎょうし》した後スッと目を逸《そ》らし、またエウフェミア様との会話に戻《もど》る。

青ってなんだろう？　聖騎士たちの服装の、青い装飾《そうしょく》のことだろうか？　とカリアス大神官たちを見た。しばらく見ていると、ゼノンさんと目が合った。彼は青いフィラロスを揺《ゆ》らし、こちらを見てニコッと笑い、手を振《ふ》ってきた。

そういえばゼノンさんのフィラロスも青だったたな、なんて思いながら手を振り返そうとして……今はクリスティーヌだった！　と思い出し、微笑を浮《う》かべるだけに止《とど》めたが――不敵に唇の端をつり上げたレオン様が、耳元に唇を寄せ「なんだ。浮気《うわき》か？」と囁《ささや》いてきた。

瞬時《しゅんじ》に頬《ほお》が熱くなる。

レオン様に耳元で話しかけられると、私がすぐ赤くなるのを分かっているくせに。

どうにかして仕返ししたい気分になってしまい、にやりと笑《え》みを浮かべたままレオン様の腕をこっそりつねってやった。

その様子をクロード殿下たちにしっかりと見られていたことには、まったく気づいていない。

さらに、ジャックさんは遠くから私を見て口をあんぐりと開けていたのを、レオン様に見つかっていた。その直後にレオン様から笑顔で威圧《いあつ》され、顔面蒼白《そうはく》のジャックさんが無言でコクコクと頷《うなず》いていたことにも――私は気づいていなかった。

そして私は――この日一番の衝撃《しょうげき》を受けることになる。

レオン様が紹介《しょうかい》したい人がいると会場を出て、私を庭園に連れて行った。

庭園には数人の集団がいた。非常に大柄《おおがら》な狩人《かりゅうど》みたいな人から研究職っぽい人まで、彼らは庭のとある木を囲み、熱心に何か話し込んでいた。

「ようやく紹介できるな」

レオン様が私の耳元で囁いた。

なんだろう、と彼を見上げると、なんだかとても良い笑みを浮かべている。

レオン様に気が付いた男性たちは一瞬飛び上がった。宰相閣下が来たからだろう。頭を下げ数歩下がる。最後に残ったのは、大きな体格の男性。

――熊《くま》。

熊のように大きく、それでいて包容力がありそうな男性だ。レオン様は片手をあげ、にっこりと微笑《ほほえ》み言った。

「レオン」

……レオン？

レオン様が、レオンと呼んだ。

「パトリック様」

レオンと呼ばれた熊のような彼は、ニマ〜ッと歓喜《かんき》に満ちた顔をしている。

「もうパトリック兄様とは呼ばないのか？」

「さすがにもう呼べません」

濃《こ》い茶色の髪《かみ》に大きな体格。それでいて人の好《よ》さそうな顔をしている。レオン様より若いのだろう。

そんな大きな身体《からだ》で照れている様は、なかなか微笑ましい。

……熊さまと呼びたくなるわ。

目を細めながら思っていたら。

「クリスティーヌ。私の遠縁《とおえん》にあたる――レオン・バスティーユだ」

「――……っっ⁉」

にんまりと笑ったレオン様は、今私が何を考えているかなど手に取るように分かっているのだろう。

そう。

私がレオン様と【ナイト・ルミエール】で会い、結婚《けっこん》の約束をしたその後。

あの時私は貴族名鑑《めいかん》で「レオン・バスティーユ」という名があることに安堵《あんど》していた。

けれどレオン様の本当の名は「パトリック・レオン・バスティーユ」。貴族名鑑にはミドルネームを取り「パトリック・バスティーユ」という名で掲載《けいさい》されていた。

その名「レオン・バスティーユ」が自分とは別人として貴族名鑑に載《の》っていることを分かった上で、あえて言わなかったのは明白。

そして彼は——私がレオン様と勘違《かんちが》いしたその人物だ。

「クリスティーヌ・バスティーユでございます」

私はレオン様の足を踏みつけたいのを懸命《けんめい》に堪え、挨拶《あいさつ》をした。

「レ、レオン・バスティーユです！　クラノーブルで農業分野の主任研究員をしております。公爵《こうしやく》夫人にお目にかかれて光栄ですっ」

「レオンは優秀《ゆうしゆう》な研究員なんだ」

公爵家についても学び、今ではその血縁関係は分かっている。

レオン様の祖父の弟の孫。五人兄弟の三番目。

レオン様の「はとこ」になる彼は、幼い頃《ころ》バスティーユ公爵家で過ごしていたことがあるという。

こんなに身体の大きな人だったとは。

そしてその体格を全く活《い》かさない……研究員。

けれど彼のこの体格の割に包み込むような柔《やわ》らかな雰囲気《ふんいき》は、話せば誰《だれ》もが口元を緩《ゆる》ませてしまいそうだ。

──熊さま。

心の中では熊さまとお呼びしよう。……レオン様と混ざるから。

「明日は農業研究所にいるんだよな？」

「は、はいっ！　ですが私は奥におります。前には出ませんので。……みなさんを怖《こわ》がらせてしまってても申し訳ないので」

ははっ、と苦く笑い、こめかみを指でかく。

……この方、絶対好《い》い人！

この大きな風貌《ふうぼう》から、きっと今まで怖がられてきたのだろう。

「そんなことはないと思うが。まだ人前が好きではないのか？　まぁ良い。また明日会えるのを楽しみにしてる」

明日、使節団は王都近郊《きんこう》の農業地帯へ行く。

バスティーユ公爵家の領地であるクラノーブルは、国一番の穀倉地帯。

農業や産業でも最先端《さいせんたん》のものを使用していて、日々研究に余念がない。

そしてその研究をまとめる役割をしているのが、熊さまらしい。研究員とはよく会話をするらしいが、女性は特に苦手なのだそうだ。

「レオンは、ドリップ灌漑《かんがい》システムの発案者だ」

「……っっ!?　…………まぁ。あの素晴《すば》らしいシステムの開発者だったなんて」

ニコッと微笑んだ私、クリスティーヌだが――今、素でシャルロットモードになりマシンガントークを繰《く》り広げるところだった。

だめだめ。

この話題に詳《くわ》しい貴族女性、多分ごく少数だから。

ドリップ灌漑システムは、ここ五十年で最も大きな農業の技術革新になったと言われている。

管などを土壌《どじょう》表面に設置、時には土の中に埋《う》め込む。水を直接植物の根元に供給することで、水の消費を最小限に抑《おさ》え、効率的に使用することが出来るのだ。

もちろん設置に初期費用が掛《か》かるが、長期的には大幅《おおはば》な水の節約につながる。

学院時代にその画期的なシステムが発表され、私はあまりの衝撃に調べまくったのだ。

シャルロットとしてなら、一晩だって語り明かしたい。

素晴らしい点が他《ほか》にもいくつもあるのだ。

けれど今の私は……クリスティーヌ。そしてここは王宮の社交場。グッとすべてを呑《の》み込み、微笑んだ。

「そんな……大したことないです」

目が合うと気恥《きは》ずかしそうに笑った熊さまに、思わず素で笑ってしまった。

「クリスティーヌ？」

「はい？」

へにゃりと緩んだままの顔をレオン様が覗《のぞ》き込んできて、しばらく見つめていた。

「ど、どうされましたか？」

――そんなにジッと見つめないでほしい。

なんと言っても今日のレオン様は思いっきり正装していて、ただでさえ麗《うるわ》しいのに、今日はもう輝《かがや》いている。

「……いや、なんでもない。よし、そろそろ殿下《でんか》たちの方に戻《もど》ろうか。ではレオン。また明日な」

「はい。楽しみにしています」

そう言った熊さまは、私を見てもう一度屈託《くったく》なくニカッと笑った。

クラノーブル農業研究所の名前で発表されたその技術に、個人名は一切《いっさい》書いていなかった。

それが今まさにあのシステムを発案されし神と出会ったのだ。これを喜ばない人がいるだろうか。いや、いないはずだ。

私、こんな感じで崇《あが》めている研究者が他にもたくさんいるのだが。

会場を歩きながらレオン様が「そんなにかわいい顔を、私以外に見せるな」と私の腰《こし》に回した手に力を入れた。

――一瞬で顔が赤くなったのは言うまでもない。


使節団の応対に付きっきりの対応チームは、宰相補佐《さいしょうほさ》室三人と私のみを残して今日は帰宅した。

どうやら補佐室が遅《おそ》くまで残業するのは当たり前だと思われているようで、「じゃあ先に帰りますね。お疲《つか》れ様でした。頑張《がんば》ってください」と何の悪気もなく、にこやかに言われる。

……もう少し労《いたわ》ってくれたって良いのではないか？

別に私たちだって好きで残業しているわけじゃ……好き、ではないよね？　と、いつものことすぎて、自分の意思すら分からなくなってるのだけれど。

残った私たちは明日以降の書類整理や確認《かくにん》、手配することなどをまとめている。

アイリーン課長がチョコレートを口に入れ、書類に目を落としたまま、ぽそりと言った。

「エウフェミア様さぁ……宰相閣下に近すぎない〜？」

「あ、それ、俺も思いました」

ステファン室長がパッと顔を上げた。

私は『……ですよねっ？　私が妻だから気になってるわけじゃないですよね!?』と心の中で叫《さけ》ぶ。

「宰相閣下に惚《ほ》れたんじゃないですか？」

休憩《きゅうけい》タイムだと思ったらしいロイさんが、両手を天井《てんじょう》に向け、伸《の》びをしながら弾《はず》んだ声を出す。

「宰相閣下、かっこいいですからね！」

ロイさんは、「他国の人の、しかも聖女様に惚れられるなんてすごすぎる！」と、どこか誇《ほこ》らしげだ。

「だが……おかしくないか？」

「なにがですか？」

ステファン室長も仕事の手を止め、宙を見つめながら腕《うで》を組む。

きょとんとして小首を傾《かし》げるロイさん。

「宰相閣下が妻帯者と知らなければ、まぁ美形だし対外的には笑ってるし、怖さを見せないから惚れられることもあるだろう。けれど、すでに妻がいることを知ってるわけだろ？」

——ステファン室長、なんだか酷《ひど》い言いよう。

対外的に笑ってなかったら、レオン様の魅力《みりょく》がないみたいではないか。

笑ってなくたってかっこいいし、怒《おこ》っててもかっこいいのに。

顔には出さずに、少しだけムッとする。

いや、本気で惚れられても困るのだけど。

ただ、あの美しい人から明らかに興味を持たれているのは確実なのだろう。私の夫が。

どうしてもモヤモヤしてしまい、寝《ね》つきも良くない日々が続いている。

……でも、冷静に考えると確かにおかしい。

「——確かに少し気になりますね。我が国は今『恋愛《れんあい》』という言葉と非常に相性《あいしょう》が悪いと思いますし、積極的に我が国の人間と恋愛関係を結びたいと思う人は多いはずがないと思うのですが……」

国外で評判が良い、ということは絶対にない。

エウフェミア様がそういうのを気にしないだけなのかもしれないけど。

レオン様は魅力的だし、モテるのは仕方のないことなのかもしれない。

「えー？　でもそんなことないんじゃないですか？　エウフェミア様以外の女性の方々も騎士《きし》や文官と仲良くやってますよ？」

「え……？　ロイ、それってどういう『仲良く』？」

「お国柄《くにがら》なんですかね？　ボディタッチも結構ありますし、見せる笑顔《えがお》が度を越《こ》しているというか。明らかに気がありそうというか。だから神聖国の人にはうちの国の人、魅力的に映るんじゃないかなと」

アイリーン課長の質問に、ロイさんが誇らしげに答えた。

使節団は三チームほどで分かれる機会が多い。私とレオン様、ステファン室長とアイリーン課長、ロイさんはそれぞれ別のチーム。

――レオン様だけじゃなく、我が国基準では、皆《みな》さん過剰《かじょう》に仲良くされてる感じなのだろうか？

「それで皆さん、どういう対応をされているのですか？」

「……まーさーかーっ!?」

私が首を傾《かし》げていると、アイリーン課長が目をつり上げる。

「いやいやっ!?　対応チームは最初に『絶対に恋愛関係になるな』ときつく言われてますし!?　皆、失礼のないように丁寧《ていねい》に対応しているだけですよ!?」

私たちは主に、神官を中心に対応している。たまにゼノンさんのようなイレギュラーな動きをする聖騎士も入るが。

つまり、他の人の動きにはあまり詳《くわ》しくないのだ。

慌《あわ》てて言ったロイさんを、アイリーン課長は「本当？」とジトッとした目で見たあと、

「あ」と手を叩《たた》き、ステファン室長の方へくるりと顔を向けた。

「もしかしてステファンも狙《ねら》われてたりする？　なんかやたらと話しかけられてるよね？」

「俺ですか？　いや、そんな記憶《きおく》は全くありませんが」

「いやいや、ほら。あのふわっとしたかわいらしい感じの……サイドを三つ編みにしてるクロエちゃん！」

「？　クロエさんがどうしたんです？」

「すっごく話しかけられてるじゃない!?　そういう目で見ると、狙ってるとも見えるわ」

「そうですか？　全然気付きませんでしたけど……普通《ふつう》じゃないですか？」

心底そんな記憶が存在しないとばかりに首をひねるステファン室長に、アイリーン課長が大きくため息をついた。

「そうよね。ステファンはそういうやつよね……」

「そういうってどういう」

「超鈍感《ちょうどんかん》ってことよ！」

やれやれ、と言い放ったアイリーン課長は、自分もロイさんに言われるまで、ステファン室長が狙われていることには全く気付いていなかったことは、忘れているのだと思う。

ステファン室長が渋《しぶ》い顔で「解《げ》せぬ」と呟《つぶや》く。

当然のことだが、我が国の中枢部《ちゅうすう》は今現在『恋愛』について非常にデリケートになっていた。

自分本位な恋愛至上主義からの脱却《だっきゃく》を掲《かか》げている今、お手本になるべき王宮の文官が自らそれを破っていては、示しがつかない。

そのため、最初に使節団対応チーム立ち上げの際に、レオン様が言ったのだ。

『模範《もはん》となるべき我が国最高峰《さいこうほう》の文官たちが他国の人間と恋愛関係に陥《おちい》って、なにか誠実でない行為《こうい》やトラブルをおこしたら……分かっているだろうな？』

他《ほか》の表情筋を一切《いっさい》動かさず、唇《くちびる》の端《はし》だけをつり上げていた。

その時の凍《こお》り付いた空気は今でも覚えている。

これぞ『鬼宰相《おにさいしょう》』とばかりに、青ざめていく対応チームのメンバーが、壊《こわ》れた人形のように頭を縦に振《ふ》っていた。

すっかり慣れているアイリーン課長とステファン室長は、その時は飄々《ひょうひょう》としていたのだけど――。

「でも本当にそんなにみんなが狙って来てるんなら、あの子たち旦那《だんな》探しにでも来たってわけ～？　こっちはお見合いパーティー開くためにこんなに遅《おそ》くまで仕事してるんじゃないってのっ！」

険しい目つきのアイリーン課長は腕を組み、不機嫌《ふきげん》な声でまくし立てた。

そしてぶつぶつ言いながらも、また作業に戻《もど》る。

ステファン室長が私のすぐそばに来て、私にしか聞こえないような小さな声で言った。

「まぁ……あまり気にするな」

それは私がレオン様の妻だから、という意味だろう。

……いや、ステファン室長。あなたも狙われてるっぽいのですが。


ずっと何かが引っ掛《か》かっている。

喉《のど》に小骨が刺《さ》さっているような、そんな違和感《いわかん》。

——なぜ、彼女たちは……揃《そろ》いも揃って過剰なまでに、我が国の異性と仲良くしようとしているのだろう。

私がもし別の国に住んでいて、スラン王国の男性と接する機会があったら——仕事上の話以外は全力で拒絶《きょぜつ》する。

とはいえ、考えは人それぞれ。自分がそういったことに潔癖《けつぺき》なことも理解している。

単純に考えが違《ちが》うだけなのだろうけど。

レオン様の横に並び、親しげに微笑《ほほえ》むエウフェミア様の姿がまた脳裏《のうり》に浮《う》かぶ。

胸がキュッと苦しくなった。

――王都を出発した馬車の列は、曇《くも》り空の下を静かに進んでいく。

王都の喧騒《けんそう》が遠ざかるにつれ、建物の密集が薄《うす》れる。代わりに緑豊かな丘陵《きゅうりょう》地帯が広がってきた。

小川にかかる橋を渡《わた》り、果樹園が広がる地域に入っていく。鮮《あざ》やかなオレンジや赤い果物が実り、風が吹《ふ》くと柑橘《かんきつ》の香《かお》りが馬車に漂《ただよ》った。

「良い香りだな」

「収穫《しゅうかく》時期ですものね。夜には使節団にお出しできるよう、ヴィクトルさんが手配していたはずです」

「そういうところは本当に細かいな。素晴《すば》らしい」

レオン様がふふん、と不敵に笑う。

――ヴィクトルさん！　この笑顔はレオン様評価が急上昇《きゅうじょうしょう》の証《あかし》ですよ！

最近、いきいきと采配《さいはい》を振っているヴィクトルさんに、遠くから声援《せいえん》を送った。

王都を出発して二時間。

道の脇《わき》には黄金色《こがねいろ》の麦畑が広がり、風にそよぐ穂先《ほさき》が優雅《ゆうが》に揺《ゆ》れる。曇り空の隙間《すきま》から光が差し込み、麦畑の一部を神々《こうごう》しく照らしていた。

しばらくして大きな建物の前で馬車を降りる。

そこは王都に一番近い農業研究所。

「パトリック宰相《さいしょう》と同じ馬車ではなく残念でしたわ。色々とお伺《うかが》いしたかったのに」

ふふっと美しく微笑んだエウフェミア様は、スッとレオン様の横に立った。

妻であるクリスティーヌと挨拶《あいさつ》を交《か》わしたというのに、まだレオン様に気があるというのだろうか。モヤッとした気持ちになりながらも、顔には出さないようにしている。

——農業研究所の前に人が並んでいる。

熊《くま》さまは……やっぱりいない。奥の室内に籠《こ》もっているのだろう。

一人が前に進み出た。

「遠くからようこそいらっしゃいました。ここは王立農業研究所です。クラノーブルで最《さい》先端《せんたん》の研究をし、その後ここ王立農業研究所で広めていきます」

エルドリア神聖国は農業について、かなり熱心に聞き入っていた。

どうやらエルドリア神聖国は一部の地域では雨がかなり降るが、それ以外では近年、降雨量が減っているという。干ばつになるほどではないとはいえ、食物の生育に悩《なや》んでいた。

「それでしたら……設備が必要になりますが、ドリップ灌漑《かんがい》システムが適しているのではないでしょうか？」

「それは一体？」

案内係の研究員の言葉に、神官が食い付くように質問した。

「それは……あ、主任呼んできてくれ」

近くにいた他の研究員に声をかける。

主任研究員とは……熊さまのことだ！　彼の口からこのシステムの詳細《しょうさい》が聞けるのか!?

と私はワクワクして待っていた。

けれどしばらくした後、呼びに行った研究員は一人で戻ってきた。

「試験場に呼ばれたみたいで、いませんでした」

熊さま、いなかった……。

「そうか。わざわざ悪かったな。――失礼いたしました。一番詳しい者が外出しているようで。私から説明させていただきます。このシステムは――」

神官だけではなく、エウフェミア様も熱心にメモを取っている。その表情は真剣《しんけん》そのものだった。

エウフェミア様の好感度が少し……いや、かなり上がった気がする。

移動しながら私は勇気を振り絞《しぼ》り、エウフェミア様に声をかけた。

「雨はそんなに降らないのですか？」

彼女は、え？　と驚《おどろ》いたように目を見開く。そして、困ったように微笑んだ。

「エルドリア神聖国は縦に長いので……わたくしが元々住んでいた場所は一番雨が降らない場所なのです。今は神殿《しんでん》住まいですが、実家は農業を営んでいたので……収穫した農作物がやせ細っているのは、今までやってきたことがすべて無駄《むだ》だったと突《つ》きつけられているようでむなしいものがありますよね」

目を伏《ふ》せた彼女に、長い睫毛《まつげ》の影《かげ》がかかる。憂《うれ》えているのだろう。

そこには、レオン様に言い寄るときのようなわざとらしさは一切なかった。

「……ドリップ灌漑システムを利用することで、すぐにその成果はあらわれるんです。最初に始めた試験地では、即座《そくざ》に生産量が二割上昇《じょうしょう》しました」

「まぁ！　二割も？」

「はい。初期投資が必要なのですが、それも何に一番費用がかかるかというと、やはり聖導具となります。ただ水を垂れ流すだけならば簡単なのですが、ゆっくりとコントロールされた水を与《あた》えることが重要なのです。それに肥料を液体にすることで、システムに組み込むことも出来るのです」

「肥料も？」

「そうなのです！　先ほどはシステムの具体的な使い方を説明していたので省かれたようですが、色々組み合わせることで、従来よりも肥料が最大で九割も節約できるのですよ！」

鼻息荒《あら》く語り、満足している私は――しばらくして我《われ》に返った。

エウフェミア様、引き気味にのけぞっている。

「……あ、あの、えっと……。も、申し訳ありませんっ。尋《たず》ねられてもいないのに」

瞬時《しゅんじ》に顔が赤くなった。

自分が興奮した理由は分かってる。ついこの前、このシステム開発者の態さまに会ったからだ。

その時に脳裏によみがえった。論文と新聞を読み漁《あさ》り動向を追い続けた、あの日々が。

それに少しでも興味を持ってくれる人がいるなら、紹介《しょうかい》したくなるのが人間のさがではないのか。……違うかもしれないけど。

しゅん、と肩《かた》を落とすと、彼女はコロコロとかわいらしい声で笑い始めた。

「いいのです。ミュラー補佐《ほさ》官、とっても面白《おもしろ》いですね。もっとお話聞かせてください」

「……っ、私で良ければ喜んで！」

すっかり盛り上がりを見せた私たちは、随分《ずいぶん》と打ち解けた。

レオン様が絡《から》まないと、すごく良い人だった……。

「それにしても、この国も女性が活躍《かつやく》していて喜ばしいことです。この国の女性は家にいることが美徳とされていると聞いていたので」

「この国のこと、勉強してくださったのですね」

「ええ、もちろん。ファーネ高原のカフェでアイスヨーグルトを食べながら見る景色が最高、ってことも知っているわ」

ふふん、と自慢《じまん》げなのにかわいらしく見える。クスッと笑ったときにふと思った。

「……あれ？　ファーネ高原のカフェの話、どこでお聞きになりました？」

「それは王弟妃《おうていひ》——……いえ、書物か何かだったかしら？」

ハッと目を見開いたエウフェミア様はその後、目線を宙に漂《ただよ》わせ、不自然でぎこちなくなった。

「どうしてそんなことを聞くの？」

ファーネ高原は、国内トップクラスとも言われる雄大《ゆうだい》な景色でありながら、観光地化されていない場所。絵画に描《えが》かれることも度々《たびたび》あるが、立ち入りも許可制だ。

だが過去、一時的に観光地化されていたことがある。

「いえ、ファーネ高原にカフェがあったのって、ほんの短期間なんです。それも何十年も前の数年だけ。一時的に領主になられた方がカフェの許可を与えたそうですが、その後正統な領主に替《か》わったと同時に、カフェは閉店したので……」

これは文官の試験にも出てくる内容。

観光地化されることで生態系や景観、美観が損《そこ》なわれると決して譲《ゆず》らなかった領主が亡《な》くなり、まだ領主の資格年齢《ねんれい》に達していなかった領主の息子《むすこ》・スウェンの代わりに、領主の弟・ダグラスが繋《つな》ぎとしてその地位に就《つ》いた。

ダグラスはその間にファーネ高原の観光地化を計画。最初に建設されたのはカフェ。そのあとも娯楽《ごらく》施設《しせつ》や宿泊《しゅくはく》施設を建設しようと大規模な開発計画を立てていたが、生態系を損なうとしたスウェンとダグラスは大きく対立。

数年後にスウェンがその地位に就いてからすぐに観光地化を撤回《てっかい》し、ダグラスの息のかかったカフェも閉店。

――スウェンが頑《かたく》ななまでにこの地の観光地化を拒《こば》んだのには、理由があった。

ファーネ高原にしか生息しない植物がある。その植物は、とある病に劇的に効く。発症《はっしょう》者は年間に数人のみと稀《まれ》ではあるが、この植物以外での治療《ちりょう》法がない。さらに薬効が薬草採取後一か月ほどしか持たず、保存が出来ない。スウェンはそれを守ろうとしたのだ。

年間たった数人のために貴重な観光資源を放置している方がおかしい、とダグラスは観光地化を進めたのだが。

このことをきっかけに、各地で生態系や景観に対する条例が整備されたのだった。

スウェンはその後、次々にこの地だけで育つ希少な植物を発見。貴重な薬効を含《ふく》んだものが数多くあり、彼はのちに、植物博士としても名を馳《は》せた。

「そうなのですね。……きっと誰《だれ》かが書いた手記でも読んだのかもしれませんわ」

苦笑《くしょう》したエウフェミア様に、私は深くは聞かなかった。彼女が切なそうな顔をしていたから……聞けなかった。

「ミュラー、通訳をジャックと交代だ。エウフェミア様、しばらく失礼いたします」

後ろからレオン様に声をかけられた。クイッと顎《あご》で馬車の方へ、と合図をされた。

通訳は交代制だ。もうそんな時間かと急ぎ足で駆《か》け寄った。

私はエウフェミア様に挨拶《あいさつ》をすると、彼女はにこやかに私に手を振《ふ》る。彼女はレオン様には軽く会釈《えしゃく》し……最後にハッと思い出したかのように愛らしい笑《え》みを向けるという、不自然極《きわ》まりない感じだった。


――レオン様と共に、少し歩いた先の馬車に対面で座る。

車内には折り畳《たた》みテーブルが広げられていた。座席の下から小さな木箱と聖導具の保温ポットを取り出したレオン様は、テーブルに広げていく。

「私がやります」

「いや、いい」

カップにお茶を注ぐ役目を替わろうとしたけれど、そっけなく返事をしたレオン様が丁寧《ていねい》な所作で琥珀色《こはくいろ》の液体を注いでいく。

ふわりと花の香《かお》りのような、華《はな》やかな香りが広がった。

差し出された紅茶は、まだ白い湯気がたっている。

……レオン様が淹《い》れてくれたお茶。ありがたい。

一口飲むと、心がほぐれていくようだった。

彼が木箱の蓋《ふた》を開けると、中には頻繁《ひんぱん》に食べている一口サイズのお菓子《かし》の数々。クッキーやフィナンシェにチョコレートまで。

私の好きなものばかりで感動していると、レオン様が「どうぞ」と目を細めた。その顔にドキッとしながらも、ちょうどお腹《なか》も空《す》いていたところだし、と早速《さっそく》いただく。

チョコレートの甘さが、身体《からだ》に染《し》み渡《わた》る。

「きみに渡してくれと、使用人に押し付けられた」

「……え？　王宮の宰相《さいしよう》閣下のところにですか？」

「ああ。きみが今日は早く家を出てしまったため準備が間に合わなかったらしい。慌《あわ》てて持ってきたぞ」

「あ、出発時間を予定より前倒《まえだお》しにしたんです。今日の視察で確認《かくにん》不足がある気がして。用意してくれていたのですね。申し訳ないことをしました」

王都内ならば、いざとなればすぐ王宮に引き返すことも出来るが、これだけ離《はな》れた地へ視察に来るとなると、なにか忘れ物があってはいけないと……気が急《せ》いてしまって。

スッと私の頬《ほお》に、正面にいるレオン様の手が伸《の》びた。

大きな手で包み込まれた頬があたたかく、緊張《きんちょう》がほぐれていく。

「──あまり寝《ね》てないいな？　顔色が良くない。そんなにこの視察に気になることがあったのか？」

「あ、それは別の………い、いえ、なんでもないです」

ホッとしすぎて、どうでもいいことを口にするところだった。危ない危ない。

──レオン様の眉間《みけん》に皺《しわ》が寄った。

彼は私の眼鏡《めがね》をパッと取り、正面から真横の席へ移動してくる。

「あ、あの……」

馬車の中にいるとは言え、馬車の外では市場の喧騒《けんそう》が聞こえていた。

陽気に笑う市場で働く人々の声。子どもが楽しそうな叫《さけ》び声を上げながら走り回る声。

それを注意する、母親の声──。

薄暗《うすぐら》い車内でレオン様の青い瞳《ひとみ》が、私をじっと見つめてくる。

──いつの間にか、自分の心臓の大きく鼓動《こどう》する音しか聞こえなくなっていた。

「クリスティーヌ」

「い、今仕事中で……」

「休憩《きゅうけい》中だ」

「でも皆《みんな》が近くに」

「──休憩中だ」

私の背中に腕《うで》が回され、優《やさ》しく抱《だ》きしめられた。

──ダメなのに。仕事中なのに。

そう思ったけれど……。

私も彼の背に、恐《おそ》る恐る腕を回した。

「それで？　なぜ眠《ねむ》れなかったんだ？」

「……言わなきゃダメですか？」

レオン様が腕を離し、私をまっすぐに見つめた。

「夫婦《ふうふ》とはいえ、何もかもを話さなければいけないわけではない。時に秘密も必要だろう。ただ……私の妻を寝不足《ねぶそく》にするほど悩《なや》ませたことは何か、知りたかっただけだ」

──すぐ、そういう言い方をする。

目を細めて。少しだけ口角を上げて。

優しそうで、私のことが愛《いと》しそうで、それでいて何か企《たくら》んでいそうなズルイ顔。

でも私はそんなレオン様が大好きで。

「エウフェミア様が…………ですもの」

「……ん？　悪い、聞き取れなかった」

「──エ、エウフェミア様がずっとレオン様のそばにいるんですもの。疑ってはおらずとも、考えてしまうではないですか。もしレオン様が……とられちゃったらどうしようって」

懸命《けんめい》に勇気を出して言った言葉は震《ふる》えてしまった。

耳まで熱い。

こんな子どもじみたことを言っても仕方がないのに。

なんて馬鹿《ばか》馬鹿しいことを、と失望させてしまいそうで怖《こわ》い。

遠くから見るエウフェミア様はどこか孤高《ここう》の人で、美しすぎて近寄りがたくすらあった。

けれど今日彼女とたくさんお話をしたことで、彼女に対する印象はすでに変わっていたのだけど——昨夜まではモヤモヤしっぱなしだった。

チラリとレオン様を見れば、ポカンと呆《ほう》けた顔をしている。

……やっぱり呆《あき》れている。

なんて馬鹿なことを言ったのだろう。

「ご、ごめんなさい。子どもじみたことを言ってしま…………レオン様？」

レオン様の顔が——赤くなっている。

——初めて見たかもしれない。

私の視線に気づいた彼は慌てたように眼鏡を私に返すと「ちょっと……待ってくれ」と言った。手で自分の顔を覆《おお》い、私から目を逸《そ》らす。

「あの……？」

私があまりに馬鹿馬鹿しいことを言ったため、にしては反応がおかしい。首をこてんと傾《かし》げていると、私を見て深くため息をついたレオン様が、再び私の眼鏡を外した。そしてギュッと私を引き寄せて……きつく抱きしめた。

「この口は……一体いつの間にそんなかわいすぎることを言うようになったんだ？　この後の仕事が出来なくなってしまうではないか。使節団の件が終わるまでは、と我慢《がまん》しているのに」

レオン様が人差し指で、私の唇《くちびる》をふにふにと触《さわ》る。

青い瞳が、優しく弧《こ》を描《えが》いた。

明確に愛情を宿した目に、ドキッとしてしまう。

心臓がうるさい。それなのに、目を逸らすことが出来ないでいる。

レオン様の唇が、ゆっくりと――私の唇に重なった。

後頭部をしっかりと支えられ、啄《ついば》むキスがやがて深くなっていく。

「……っ、ん……、っ」

彼の胸にしがみつく。

何度も何度も唇が重ねられ、身体はぐっと引き寄せられたままだ。

しばらくすると、また啄むキスに戻《もど》り、ふざけるようにして唇が甘噛《あまが》みされた。

唇を離した私たちは、どちらからともなくフフッと笑った。

「さすがに……ここまでだな」

「──はい」

「あと──エウフェミア様だが。彼女は実際に私に好意を持っているわけではないと思う。意図があってそうしようとしているのだと、我々《われわれ》は判断していた」

もう少し食べておけ、とレオン様がお菓子と紅茶を私に勧《すす》めながら言った。

我々とは、上層部のことだろう。

仕事上、相手に好意を見せるのは当然のこと。仲良くしておいて損をすることは、あまりない。

だがそれは、仕事の範囲《はんい》内での話だ。

「意図的に好意を見せようとしているということですか？　ですが……仕事相手の好意としては逸脱《いつだつ》していた気が」

でも先ほど、私がレオン様と共に離れようとしたときのエウフェミア様は、一瞬《いっしゅん》レオン様に何の反応もしていなかった。あとから取ってつけたような笑《え》みを浮《う》かべていたし。

ということは……意図的、というのがしっくりくる。

仕事相手の好意として、とはとても思えないけれど。

「そうだな。過剰《かじょう》に好意的にすることで、何らかの融通《ゆうずう》を利《き》かせてもらえると思ったのではないか」

——融通か……。

確かにそういうこともある。人と人の関係なのだから、険悪なところよりも穏《おだ》やかに取引できるところの方が付き合いやすいというものだ。

でもあれは……そんな感じだっただろうか？　もしわざとだとすれば、すでにそれは色《いろ》仕《じ》掛《か》けやハニートラップとも呼ばれる域ではないのだろうか。

でも……一体何のために？


食べ終わった茶器を片付け眼鏡をかけていると、レオン様が唇の端《はし》をつり上げて言った。

「今日はまだ長い。頼《たの》んだぞ」

——ああ、ヴィクトルさんの気持ちが今、すごく分かる。

レオン様が私の夫であるということを抜《ぬ》きにしても、尊敬している上司から「頼んだぞ」と信頼《しんらい》を込めて言われるのは、なんと心地《ここち》が好《よ》いのだろう。

「はいっ！　頑張《がんば》ります！」

頼《たよ》られたことが嬉《うれ》しくて、褒《ほ》めて欲しくて——時に空回りするのだ。

第四章

エルドリア神聖国使節団③

午後からは午前中の曇《くも》り空が嘘《うそ》のように太陽が輝《かがや》き、空は深い青色に染まっている。古い石畳《いしだたみ》に人々の足音が鳴り響《ひび》く。市場は活気に満ちていた。

高い建物の前には彩《いろど》り豊かなテントがずらりと並んでいる。地元の農家たちが育てた、新鮮《しんせん》な果物や野菜、花々が所狭《ところせま》しと陳列《ちんれつ》されていた。

威勢《いせい》の良い声で呼びこみをする青果店の店主に、美しい花束を作る生花店の店主。市場の一角では焼きたてのパンの甘い香《かお》りが立ちのぼり、多くの人が興味を示しているようだった。

「……やっぱり先ほどのパン、食べてみたかったわ。買えばよかった」

通り過ぎてしばらくしたころ、エウフェミア様がぽそりと呟《つぶや》く。

名残惜《なごりお》しそうなその言葉に、私は「買ってきましょうか？」と彼女の耳元で囁《ささや》いた。

使節団の要望を叶《かな》えることこそが私の仕事。

エウフェミア様が「いいの⁉」と嬉しそうに顔を輝かせた。

レオン様と神官たちは、話しながら先頭をゆっくりと歩いている。この速度なら問題ないだろう。

私は彼女に向け、微笑《ほほえ》みながらこくりと頷《うなず》いた。ジャックさんに通訳の代わりを頼んだ。

「あ、え、あ、はいっ！　承知しました！」

ジャックさんは最近、私と話すとき、やけに緊張《きんちょう》した様子になる。

――何かしてしまっただろうか。

「？　ではよろしくお願いします」

踵《きびす》を返し、集団とは反対方向へ小走りで引き返す。

走れば往復してもすぐに追いつく距離《きょり》だ。

レオン様に一言言っておくべきかとは思ったけれど、神官たちと話しているのを中断させるのも申し訳ない。

エウフェミア様たちの護衛を減らしたくなかったので、最後尾《さいこうび》にいた我が国の護衛には「すぐ戻りますので」と一声かけた。

――果物が並ぶ一角を小走りしていると、真後ろから声をかけられる。

「ミュラーさん！　僕も付き添《そ》いますよ」

ゼノンさんがニコニコしながら、同じように走っている。

「えっ!?　あ、ありがとうございます」

走りながら「エウフェミア様は実は結構食いしん坊《ぼう》で。さっきのパン、名残惜しそうに見てましたもんね」とゼノンさんは笑う。

親族なだけあり、詳《くわ》しいのだろう。エウフェミア様が食いしん坊だとは想像もしておらず、微笑ましく思った。

市場は人が多く、向かってくる人を避《よ》けながら通り抜ける。あちらからこちらに流れる人の方が多く、私たちは逆走しているようだ。

たくさんの荷物をぶら下げ、興味深げにきょろきょろと視線を動かす男性が前方から歩いてくる。片手に小さなドーナツがいくつか入ったカップ、片手に赤い飲み物。

その男性が人を避けた途端《とたん》に足をもつれさせ――盛大にこけた。

彼が持っていた飲み物が宙に舞《ま》う。青い空と赤い飲み物のコントラストが綺麗《きれい》……ではない。

あ、これ私に直撃《ちょくげき》する！　と強く目をつぶり、身体《からだ》を縮こまらせた。

その瞬間《しゅんかん》、ドンッと抱《だ》きしめられたような衝撃《しょうげき》。

恐《おそ》る恐る目を開けると、ゼノンさんが私を庇《かば》うように片手で抱きしめていた。

――白い騎士《きし》服が、赤く染まっている。

「……ゼ、ゼノンさんっ⁉」

彼も驚《おどろ》いているのだろう。目を大きく見開いていた。

赤い液体がたらりと彼の頬《ほお》を伝った。

ゼノンさんは口元をぺろりと舐《な》めたあと、アハハッと大きく笑い始めた。

「大丈夫《だいじょうぶ》ですよ。トマトジュースみたいだ」

こけた人が地べたに寝《ね》そべったまま顔だけこちらに向け、顔面蒼白《そうはく》になっている。

こけた挙げ句、人様に飲み物をぶっかけたのだ。しかも真っ白い騎士服に。

絶望もするってものだろう。私でもきっとそうなる。

起き上がりたくても起き上がる気力が湧《わ》かないかもしれない。

するとゼノンさんは彼のそばまで行き、「大丈夫ですか？」と我が国の言葉で男性に手を差し出した。

私たちはずっと旧タリア語で話していたけれど、ゼノンさんは我が国の言葉がかなり流《りゅう》ちょうだったので驚いた。

こけた男性はその手を掴《つか》み立ち上がった後、壊《こわ》れたからくりのおもちゃのように、何度も深く頭を下げ謝罪していた。

明らかに他国の、それも見るからに美しい騎士であるゼノンさんにトマトジュースをぶちまけ、その服を台無しにしているのだから。

「問題ないです。替《か》えもありますので気にしないで」

ゼノンさんは彼に手をひらりと振《ふ》り、市場をスタスタと歩き始めた。

通り過ぎる人たちがギョッとしたように彼を見る。通り過ぎる人、全員が彼を二度見三度見していた。

「……ゼノンさん、ちょっとこちらへ」

なにも気にせず、真っ赤に汚《よご》れた騎士服のまま歩き出すゼノンさん。さすがにそれはダメだろうと私は横道に逸《そ》れ、人混《ひとご》みの少ない路地裏に彼を誘《いざな》った。

高い壁《かべ》が両側にそびえ立ち、薄暗《うすぐら》く、冷たい風が微《かす》かに吹《ふ》いている。

「これで拭《ふ》いてください」

ポケットから取り出した白いハンカチを渡《わた》す。彼はハンカチをじっと見つめた後「そんなに目立つ？」と苦笑《くしょう》しながら顔を拭き始めた。

「そうですね。人目を引くことは間《ま》違《ちが》いなしです」

ハンカチがあっという間に真っ赤になった。

小さなハンカチ一枚では全然足りない。だって頭まで濡《ぬ》れているのだ。

強烈《きょうれつ》なトマト臭《しゅう》。

ここは……あるものを何でも利用するしかないと思い、ジャケットを脱《ぬ》ぎ、彼の頭にかぶせようとして――。

『他人の頭に触《ふ》れるのは、夫婦《ふうふ》や家族などのごく近しい間柄《あいだがら》のみ。それに触れるというのは最大の侮辱《ぶじょく》に値《あたい》する』

アルノー殿下《でんか》が講義で教えてくれた言葉を思い出し、ぴたりと固まった。

「──あの。これでもないよりはましかと思いますので、よろしければ頭を拭いてくださ い……頭が汚れてしまったのって大問題だったりしますか……？」

ジャケットをスッと差し出す。

ゼノンさんはそれをじっと見つめた後、ジャケットを受け取り、「遠慮《えんりょ》なく」と唇《くちびる》を綻《ほころ》ばせながら、頭を拭き始めた。

「別に触《さわ》っても良かったのに」

「え？　そうなのですか？」

「うん。そしたらミュラー補佐《ほさ》官を神聖国に連れて帰るから」

「……はい？」

「夫婦や家族、儀式《ぎしき》により許可を受けた人以外に触られてはダメだからね。触ったら家族にならないと」

からかうような口調でウインクをしたゼノンさんに、それが本当なのかどうかすら分からない。ただ、彼は家族というが……彼から恋愛《れんあい》感情を感じたことは実は一度もない。私がこういう機微《きび》に疎《うと》いというのもあるかもしれないけれど。

「ちなみに無機物が触れるのは問題ないから。トマトジュースは大丈夫。雨と一緒《いっしょ》。……これさ、脱がないと目立つ、よね？」

まばらに赤くなってしまった騎士服を指さしながら情けなく笑った彼に、私は苦笑することで返事をした。

騎士服のコートを脱げば、下の服は汚れていなかった。

「ゼノンさん。遅《おそ》くなりましたが、庇ってくださりありがとうございました」

「ううん。僕が勝手にやったことだから。それにしても――ハハハッ。こんなこと初めての経験だ」

彼は心底楽しそうに笑い始めた。トマトジュースの衝撃のせいなのか、彼の口調が少しだけ軽いものとなっている。

青いフィラロスが顔の横で揺《ゆ》れている。

「……確かに私も経験したことはありませんが。トマトジュースまみれ、楽しいですか?」

「うん！　すっごく楽しい！」

ゼノンさんは心底楽しそうに笑い、涙《なみだ》すら浮《う》かべていた。

ようやく笑いが収まってきた彼は、ぽそりと呟《つぶや》いた。

「こんな経験……今までも、きっとこれからも、絶対ないから」

確かにトマトジュースまみれになることは、この先ないかもしれない。私も一度もない。

ゼノンさんが上を見上げる。建物と建物の間の細い空間に、青い空が見える。高い建物に遮《さえぎ》られ、私たちが立つ場所に光が届くことはない。

薄《うす》い唇の端《はじ》っこをつり上げている彼は——なんだか寂《さび》しそうに見える。

「——仲が良さそうだねぇ～？」

路地裏の、私たちが来た市場とは反対側から野太い声がした。

振り向くと、柄《がら》の悪そうな体格の良い男性が四人。そのうち二人は、長い角材を持っている。

「……っっ！　ゼノンさん、行きましょう！」

明らかに絡《から》まれた。

——こんな路地裏に私が誘ったから。早く大通りに戻《もど》らなきゃ。

ゼノンさんが騎士であろうとも、他国からの大事なお客様だ。

彼に何かあったら、とんでもない国際問題になってしまう。

市場側に走ろうとしたその時。

「どこ行くの～？」

市場側にも男が二人。

つまり、通路の両方を塞《ふさ》がれてしまった。

「お兄ちゃん、そんな立派そうな剣《けん》なんて持っちゃって。おけいこ頑張《がんば》ってるのかな～？」

騎士服を脱ぎ、濡れた髪《かみ》を拭《ぬぐ》った彼はいつもよりさらに若く見える。

細身のその身体も、我が国の騎士たちに比べれば見習い程度の体つき。

演武を見せてもらい、聖騎士たる彼が常人ならざる力を持っていることを私は知っている。

けれど、男たちがそんなことを知るはずもない。

頭に変わった飾《かざ》りをつけた、騎士志望の青年だとでも思っているのだろうか。

私とて——王宮の文官の証《あかし》のジャケットを脱いでいる。きっと着ていたとしても、地方なので身分ある者だとは分からないだろうけれど。ここは王都ではないのだから、文官の制服のことなど知らなくて当然なのだ。

しかも私は貴族の華《はな》やかさが微塵《みじん》も感じられないほど、地味な装《よそお》いをしているから。

——どうしよう。どうすれば切り抜《ぬ》けられる？

懸命《けんめい》に頭を働かせようとするけれど、私は絡まれた経験が皆無《かいむ》。

平民の中には貴族を毛嫌《けぎら》いする人もいると聞く。

貴族らしく言ったとして、無事に解放してもらえるだろうか。

緊張《きんちょう》から口の中が渇《かわ》く。ごくりと喉《のど》を鳴らした私に、ゼノンさんが目を合わせ、優《やさ》しく微笑《ほほえ》んだ。

「大丈夫《だいじょうぶ》だよ」

そう言った彼は私を庇《かば》うように一歩前に出て——腰《こし》に差している剣に、手を添《そ》えた。

埃《ほこり》っぽい部屋の中央には、質素な木製の机と椅子《いす》のみが置かれている。

木枠《きわく》の窓は雨戸が閉められ、小さなランプ一つのみの部屋は薄暗い。けれど雨戸の隙間《すきま》から一筋の光が差し込んでいて、まだ陽《ひ》が沈《しず》んでいないことを示していた。

私とゼノンさんは机を挟《はさ》んで対面に座っている。

ゼノンさんは興味深げに、「へぇ～」とか「なるほど」とか言いながら、座ったまま、きょろきょろと部屋を見回していた。楽しそうだ。

当然のように、扉《とびら》には鍵《かぎ》がかけられていて、出ることは出来ない。


………あれ？　なんでこんなことになってるんだっけ？


あのとき、庇うようにして私の前に出たゼノンさんに、私は「ゼノンさんは聖騎士《きし》なんだ」と頼《たの》もしさを感じていた。

あの演武のような、華麗《かれい》な戦いをするのだろうか……と、期待していなかったと言ったら嘘《うそ》になる。

けれど――。

剣に手を添えたと思った彼は帯剣《たいけん》ベルトを外し、ポン、と市場とは反対側の彼らへ投げた。

……え？

「パンを買おうとしていただけで、お金をほとんど持っていないんだ。それで勘弁《かんべん》してくれない？」

へらりと笑《え》みを浮かべたゼノンさんに、彼らはあざけるように笑った。

「坊《ぼう》や。そんなんじゃいつまで経《た》っても騎士にはなれないぞ？」

「おい！　この剣、すごいぞ⁉」

剣を確認《かくにん》していた男が、驚《おどろ》きの声を上げた。

ゼノンさんが渡《わた》した剣には、我が国の剣にはない、ブレード部分に繊細《せんさい》な彫刻《ちょうこく》がされていた。一目で値打ちものだと分かるそれに、男たちは目の色を変えた。

いや、それ以上に柄《つか》の部分にいくつも埋《う》め込まれているその石は聖石ですよ。もうとんでもないお値段なんですよ、と心の中で突《つ》っ込んだ。何の得にもならないのに。

今、私が声を大にして言いたいのはこれだけだ。

……なんで剣を渡したんですか？

私がゼノンさんを見る目が、驚愕《きょうがく》を通り越《こ》して唖然《あぜん》としているのが――お分かりいただけるだろうか。

「こいつ、なんでこんないいもん持ってんだ？」

「……まだ色々持ってるんじゃねーか？」

「貴族……とかってことはないよな？」

「貴族なら護衛くらいいるだろ。なんか汚《よご》れてるし、こっちの女は地味だし」

「じゃあ金持ちの坊《ぼ》っちゃんのお忍《しの》びとか？」

「そうだろ」

──私はこの時、きっと判断を間違《まちが》った。

毅然《きぜん》とした態度で、貴族だと言えば良かったのだ。

けれど、万が一にもそれでゼノンさんに怪我《けが》を負わせてしまうことを恐《おそ》れた。だって彼は剣を渡してしまっていたから。

……なぜ剣を渡したのか、どれだけ考えてもまったく分からないけど。

彼らはごくりと喉を鳴らし、私たちに迫《せま》ろうとしていた。

その時ゼノンさんは──「抵抗《ていこう》しないので乱暴しないでください」と両手を上げ、頼《たよ》りがいのない男を演じるかのように、苦笑《くしよう》した。

……いや、演じているのかは分からない。今のところ、実際に頼りがいはなかった。

そうしてすぐ近くの建物の階段を上らされ、部屋の奥に閉じ込められ、今に至っている。

つまり——監禁《かんきん》中だ。

……あれ？　すっごく強い聖騎士の力は？　あの超人《ちょうじん》的な力は？

あ、そうか。他国だから戦ってはだめなのかもしれない。それに私は護衛対象ではないし……。いや、待って。自分の身も危険なのに、何もせず騎士が捕《つか》まるなどあり得るだろうか？　他国で戦ったらだめなら、何のための護衛だ？

二人とも怪我をしていないのは良かったのだけど、腑《ふ》に落ちないでいる。

とはいえ、このようなことの原因になったのは——まぎれもなく私。

ひと気のない場所になど連れて行かなければ、こんなことにはならなかった。

レオン様に任されたのに。

使節団を無事に帰すことが、私たちの最大の使命なのに。

私が変な気を回して、エウフェミア様のパンを一人で買いに行こうとしなければ。自分を過信して、護衛を断らなければ。

……レオン様に、一言言っておけば。

己《おのれ》の不甲斐《ふがい》なさに、泣けてくる。

ツンと鼻の奥が痛くなったのを、懸命に堪《こら》えた。

「ゼノンさん……本当に申し訳ございません。我が国でこのようなことになってしまったのは、すべて私の責任です」

「え？　僕がついてきたんだけど？」

まあそこはそうですね。それは否定しないのですけど、という言葉を懸命に飲み込んだ。

でもその前段階の責任は、確実に私にある。

無抵抗だった私たちは、両手のみ後ろ手に縛《しば》られていた。

きつく縛られた縄《なわ》を何とか解こうと試みる。引っ張ったりねじったりしていたけれど、解けるはずもなかった。余計なことをしたために縄でこすれて傷ついたであろう手首が、じくじくと痛む。

今頃《いまごろ》……使節団も対応チームも大変な騒動《そうどう》になっているだろう。

レオン様を筆頭にした対応チームが、使節団から厳しく叱責《しっせき》されていることは容易に想像できた。聖騎士が一人、いなくなったのだから。

――私のせいで。

グッと唇《くちびる》を嚙《か》みしめた。

「えっと……ミュラーさんはエウフェミア様のために、パンを買いに行こうとしただけだよね？　それに僕が勝手について行っただけ。しかも抵抗もせず剣を渡したのも僕だし」

あっけらかんと笑ったゼノンさんは、じっと私を覗《のぞ》き込んだ後、苦笑いをした。

途中《とちゅう》経過がなんであれ、きっかけを作ったのは私だ。報告・連絡《れんらく》・相談の必要性はちゃんと理解していたのに、こんな簡単なことなら一人で大丈夫だと思ってしまった。

「……でも、ミュラーさんは自分のせいじゃないなんて、きっと思えないんだよね？」

「…………」

返事をしない私に、彼はひとり言のように小さく……本当に言ったのか分からないほど小さく「分かるよ」と言った気がした。

「いいんじゃない、それで。ああしなければ、あんなこと言わなければって後悔《こうかい》することなんてたくさんあるよ」

「ゼノンさんも？」

「……あるよ、山ほど。口を開くのが怖《こわ》くなるくらいには」

「ゼノンさんが？」

長期間を一緒《いっしょ》に過ごしているわけではないが、いつも軽口を叩《たた》いているようなゼノンさんなのに、そんな風に思うのだろうか。

彼はハハッと笑う。

「それ、今の僕では想像できないってこと？　……それなら良かった。ここでの僕はいつもの僕とは違《ちが》うんだ。羽目を外したって、いいんだ。誰《だれ》も僕のために責任をとらなくったって……良いんだ」

もの悲しげに微笑《ほほえ》んだ彼を見て、思った。

きっと、自分がしたことで誰か他《ほか》の人が責任を取らされ、処罰《しょばつ》されたのだろうと。山ほど、と言えるほど。口を開くのが怖くなるほどに……そういうことが何度もあったのだろうと。

考えただけで、胸がグッと苦しくなった。

「……いつもはどんな感じなのですか？」

「金持ちの坊っちゃんだからね。厳《おごそ》かに座って静かに祈《いの》って、毎日こうやって笑ってる」

彼は背筋をピンと立て、口元にのみ微笑みを浮《う》かべた。その表情は完全に感情を制限していて神秘的に見える。

金持ちの坊っちゃん、とは先ほどの男性がゼノンさんをからかって言った言葉だけど、その笑顔は彼に似つかわしくなくて。あんなにはしゃぐゼノンさんとは対照的で。

――本当に、自国ではこのような笑みをずっと浮かべているのだろうか。

何も言うことが出来ず不自然に視線を動かしていたら、彼はすぐに姿勢を崩《くず》しペロッと舌を出し、お茶目《ちゃめ》に笑った。

「冗談《じょうだん》なんですね？　ちょっとびっくりしちゃいましたよ」

「ははっ！　冗談だよ。でも結局起こってしまったんだから、次は気を付けるしかないんだよね。――時間は巻き戻《もど》せないし」

「失敗と反省、ですね」

「そうそう。失敗しない人間なんていない。取り返しがつかないこともあるけど……これはそうじゃない」

ニコッと笑ったゼノンさんは、前髪《まえがみ》が完全におりていて十代にすら見えるのに、言うことは大人のようだ。

「……ここの場所、分かってもらえますかね」

「それはきっと問題ないよ」

確かに、きっとレオン様が来てくれるはず。

——でもその時、私はこの失態をどう説明すればよいのだろうか。そのことを考えるだけで、鉛《なまり》を飲み込んだように心が沈《しず》み込む。

会いたいのに、会いたくないと思うほどに。

これが、合わせる顔がないというやつだろう。


『次は気を付けるしかない』


——頭では理解していようとも、重くのしかかる気持ちが減ることなどまったくない。

けれど……自分の感情で周りを不快にさせたくないから。

「そうですね」と余裕《よゆう》ぶって笑《え》みを浮かべた。

――コンコンコン。

扉《とびら》をノックする音がした。

あれ？　と思った。

監禁されているのに、わざわざノックするだろうか。

入ってきた男は脂汗《あぶらあせ》をかきながらも無理矢理《むりやり》笑顔を作り、震《ふる》える手に何かを持っていた。

「おいっ！　あ……あの、えっと、暇《ひま》だろうからこれで遊んだら……？」

そっと机の上に置かれたのは、数種類のカードゲームと飲み物だった。

……は？

思わずポカンとしてしまった。

扉の後ろで「バカッ！　遊んだら、じゃなくて、お遊びくださいませ、だっ」と叱責する声が聞こえる。

また別の声で「くそ、なんで貴族なんだよ」と小声でぼやくのも聞こえた。

私たちに聞こえているとは全く思っていないようだ。

「だから兄貴、あの服は文官最高峰《さいこうほう》の王宮勤めの人のもので」

「分かってるよ！　王宮の文官は全員貴族なんだろ！」

「そうなんすよ～！　隣《となり》のマリアがこの前新聞で見せてくれたんっすよ。マリアはほんと頭良くて～」

「そんな話はどーでもいいんだよっ。で、あの制服の色は宰相《さいしょう》直属の服の色なんだろ！　あの恐《おそ》ろしい『鬼《おに》宰相』の！　さっき聞いたよっ。お前、そんなデレデレしてんならさっさとマリアに告白しろ！」

「いやぁ～、でもぉ～……」

どうやら誰かが私の制服の存在を知っていたようだ。

ちなみに私の制服とゼノンさんの騎士《きし》服は、価値がありそうだからと最初に奪《うば》われていた。トマトジュースまみれだったけど。

なるほど、貴族、しかも『鬼宰相』直属の部下であると気付いたらしい。法改正のときや、準文官配置のときの新聞だろう。制服が掲載《けいさい》されていたのだ。

貴族だと気付いたことで、これ以上大ごとになる前にもてなそうとしているのだろうか。

……カードゲームを渡《わた》すことで。

なんとか罪を軽くしようとしているのか、懐柔《かいじゅう》しようとしているのか、それとも……。

――入ってきた男は、私とゼノンさんの縄《なわ》を恐る恐る解いていく。

「いいか⁉　余計なことするなよ⁉　……し、しないでくだ、くださいませ、ね？」

言い直した後、男は慌《あわ》てて部屋から出ていき、しっかりと鍵《かぎ》をかけた。

しばしの間、部屋の中に沈黙《ちんもく》が訪《おとず》れる。視線はテーブルに置かれたカードゲームに定められていた。

こんな時に呑気《のんき》にカードゲームなんてするわけがないというのに。

「これ、どうやって遊ぶの？」

「え？」

ゼノンさんの言葉に呆気《あっけ》にとられる。

……遊ぶ気なのか？

この状況《じょうきょう》で？

ゼノンさんは立ち上がり、雨戸が閉められた窓辺に向かった。窓を開けようと試みるが、外から打ち付けられていて開かない。首を横に振《ふ》った。

「今出来ることはないよ。もちろん窓自体は蹴破《けやぶ》れるだろうけど、四階だから飛び降りるわけにもいかないし。さっき見上げた時に足場も何もないことも確認《かくにん》済み」

「窓を何とかしようとした時点で音が出ますしね。その間にあの人たち、部屋に入ってきちゃいますよね……」

「うん」

窓を蹴破るためには、すぐに男たちが入ってこられないようにすることが必須《ひっす》。大きな音を立てた時点で、あっという間に捕まってしまうから。

だがこの部屋には、この簡素な木製の机と椅子《いす》しかない。

つまり、扉のバリケードにできるようなものがないのだ。

そして蹴破っても意味がなさそう。飛び降りられない。

私も窓辺に立ち、隙間《すきま》を確認した。

紙やペンがあれば、隙間から「助けて」と場所などを書いて、落とせるかもしれない。

けれど。

「念のためなんですけど、ゼノンさん、紙とペン持ってます？」

「持ってたらとっくにここから助けを呼んでるよね」

「ですよね。——では、えっと……服を破って……」

「紙の代用？　ペンがないのに、なにで服に書くの？　まさか、血で、とか言わないよね？」

……そう言おうと思っていました。

「それ、とんでもなく怒《おこ》られると思うよ」

……私もすぐにそう思ったところでした。

多分、そうなったら今後仕事に行かせてもらえないだろう。

危険なことはしないように、という決まりだから。

「こういうときは、大人しくしていた方がいいんだ。待遇《たいぐう》も良くなったみたいだし。ということで今できることないし、これで遊ぼう！　教えて？」

捕《つか》まってるのに遊んでていいわけが……と思うのは正常だと思う。

でも、あまりに気が抜《ぬ》けるゼノンさんの態度に、今できることはないし、いいか……と応じたのだった。


「待って。ミュラーさん、絶対ズルしたでしょ」

「してません。覚えているだけです」

「おかしいじゃん！　全部取るじゃん⁉」

「おかしくないです。こういうゲームです」

「くっそ～！」

カードをすべて裏返して、二枚引く。同じ数字が出たらカードがもらえる。違《ちが》う数字なら元に戻《もど》す『メモリー』というゲーム。

ズルはしていないけど、覚えようと思ったモノの記憶《きおく》力が非常に良い私は、ある意味ズルかもしれない。

すでに色々なゲームをして、大盛り上がりだった。

ゼノンさんはカードゲームをしたことがないらしく、すべて一から説明することになったけれど、非常に楽しそうだ。スピード勝負のゲームでは、私がボロ負けだった。

「——陽《ひ》が暮れてきたみたいですね」

窓の隙間から見える光がオレンジ色になってきた。

「ゼノンさん、カードゲーム本当に知らないんですね？　友達とやらないのですか？」

「友達なんていないからやったことないよ。それにしてもミュラーさんのあの必死な顔！　はははっ」

スピード勝負のゲームをしているときのことだろう。

私は終始『え、ちょ、まっ、待ってください〜っ⁉』と叫《さけ》んでいたから。

ケタケタと笑うゼノンさんに恥《は》ずかしくなり、コホンと咳払《せきばら》いをした。

「カードゲームプレゼントしますよ。帰ってからもできるように」

「……誰《だれ》も僕に本気で相手したりしないから、やってもね。——ほら、金持ちの坊《ぼ》っちゃんだから」

それを言うなら私だって一応、お金持ちの公爵《こうしやく》夫人という肩書《かたがき》は持っているが。あまり活用はされていない。

ヘラリと浮《う》かべた笑《え》みはどこか寂《さび》しそうで。

「じゃあ……ゼノンさんがまたうちの国に来たときにやりましょう。今度は大人数で。大人数でやるのも白熱しますよ。私たちは勝負になると手加減なんて微塵《みじん》もしませんから」

王宮の文官は、揃《そろ》いも揃って負けず嫌《ぎら》いである。

「――いいなぁ。そうできたら」

心底楽しそうに口元を緩《ゆる》めたゼノンさんは、夢を見るようなとろりとした目をした。

「国交が正式に樹立したら、行き来できるようになるのでしょう？　私、鍛《きた》えて待ってますからね。今度は負けません」

スピード勝負のカードゲームの動作をする。ポカンと口を開けたゼノンさんが、アハハハッと大きな声で笑った。

涙《なみだ》すら浮かべて。


――コンコンコン。


またしても扉《とびら》をノックする音。

カチャリと鍵を開ける音がして、男がトレイを持って中に入ってきた。

……すごくいい匂《にお》いがする。

「腹が減った……のではないかと思いましてでございまして……」

ビクビクしながらも懸命《けんめい》に笑みを作ろうとしている男は、机の上にトレイを置いた。

シチューとパンだった。

素朴《そぼく》だが、すごく美味《おい》しそうで自分がお腹《なか》を空《す》かせていたことにようやく気付いた。

私たちは警戒《けいかい》しながらもその様子を見つめていた。

「えっと、じゃ、じゃあそういうことで……ごゆっくり食べてくださいませです」

変わった言葉を使い、へらへらしながら出て行った。ご丁寧《ていねい》にちゃんと鍵をかけて。

私とゼノンさんはしばらく顔を見合わせ、同時に食事に目を落とした。

当然のことながら食べるつもりはない。

けれどもしかしてこのパンは……先ほどエウフェミア様に買おうとしていたパンではないのか。パンに押された焼き印がまさにそれだ。

「お腹空いてたんだよね」

ゼノンさんはそう言った途端《とたん》、いきなりパンをちぎって口に入れた。

「な……っ!?　ちょ、ちょっと何食べてるんですか!?」

「え、出されたものは全部食べるように言われない？」

それは——誘拐《ゆうかい》されている最中でも適用されるのだろうか。

私は毒見の意味を込めて、慌《あわ》ててパンを口に入れた。

——何の変哲《へんてつ》もない、おいしいパンだった。

口に含《ふく》んだ後で、改めてパンの匂いを嗅《か》いだり、ちぎったりして調べているときに『念のために言っておくか、まぁそこまでしないだろうけど』と顔を上げた。

「ゼノンさん、シチューはさすがに食べないでくだ……っっ!?　な、ななんで食べてるんですかっ⁉」

ゼノンさんがシチューをちょうど口に入れたところだった。私に言われて、きょとんとした顔をしている。

なんて危機意識がない人なのだろう。

自分が危機意識の高い方だとは全く思っていないけれど、それを上回る人がいるとは。

これは……非常に心配になる。

レオン様がいつも、私のことに過保護になる気持ちが少しだけ分かった。

「……もうっ！」

私は慌ててシチューの匂いを嗅ぎ、口に含んだ。

野菜が煮込《にこ》まれることで引き立つ甘み。

「美味しい！」

ゼノンさんがパクパクと食べていく。

シチューを口に入れ、舌と上顎《うわあご》に擦《こす》り付けていると……。

──舌に残る、独特の甘み。

「……っ‼　ゼノンさん、食べないで！」

私は扉の外に声が漏《も》れないよう小声で強く言い、慌ててポケットを探《さぐ》った。その中から白い錠剤《じょうざい》を取り出し、ゼノンさんに一粒渡《ひとつぶわた》す。

「早く！　それ飲んでください！」

ゼノンさんが意味も分からず目を白黒させる。切羽詰《せっぱつ》まった私の様子に、錠剤を落としそうになりながらも慌てて飲み込んだ。

私も自分の分を水で流し込む。

ふぅ……と一息ついたところでゼノンさんをしっかり見据《みす》えた。

「これ、睡眠薬《すいみんやく》が入ってました。今のは解毒剤《げどくざい》です。——なんでも確認《かくにん》せずに食べてはだめですよ。このような状況《じょうきょう》ですし」

飲んだら即座《そくざ》に効くような希少な睡眠薬ではない。一般《いっぱん》的な、三十分ほどで効き始める薬だった。

まだ会話をしていて不自然ではないだろう。

眠《ねむ》らせておいて自分たちが逃《に》げようとしたのか、身の代金《しろきん》でも請求《せいきゅう》するための時間稼《かせ》ぎか、それとも顔をすでに見られている私たちを——。

なんにせよ、ゲームを差し入れたり、食事を持ってきたりと非常に場当たり的だ。

あまり深く考えていない気もする。

彼らの様子をうかがうために、そっと扉に耳をつければ、ゼノンさんが目を輝《かがや》かせて同じようにした。

この状況も楽しんでいそう。

メンタルが強い。好奇心《こうきしん》が旺盛《おうせい》というべきか。

壁《かべ》の薄《うす》さからか、耳をすませば声は結構聞こえた。

「──だからもうどうしようもないんだって」

「さっさと謝って解放したらなんとかなったんじゃないんすか～。だって王宮文官って、あの法改正してくれた人たちっすよ～？　……うち、姉ちゃんが最悪の旦那《だんな》に追い出される直前だったたから、めちゃくちゃ助かって」

「なんとかなるわけないだろ！　貴族だぞ？　これ以上かかわりたくない」

「だが、睡眠薬で眠らせた後どこかに置いてくるって……ほんとにそれでなんとかなるか？　一か八《ばち》かで金でもせしめた方が」

「あほか。それこそ人生終わりだよ。とりあえず予定通り眠らせて──ここから離《はな》れたところに捨て置く。怪我《けが》だけはさせないようにな。どんなことしてでも追ってきそうだし。この睡眠薬は直前の記憶《きおく》も混濁《こんだく》するって聞いたから、もしかしたら俺たちのことも覚えてないかもしれないし」

「……希望的観測が過ぎるな」

「それ以外にないだろっ」

つまり、彼らは今回のことをなかったことにしたい、ということか。

──そんなこと、出来るはずがない。

王宮文官である私はもちろんのこと、一番はゼノンさんの存在。他国の賓客《ひんかく》に害をなしたとなれば、それ相応の罰《ばつ》がなければ示しがつかない。

隣《となり》のゼノンさんをチラリと見ると、視線が合った。

彼もきっと分かっているのだろう。眉《まゆ》を寄せて曖昧《あいまい》に微笑《ほほえ》みながら首を振《ふ》った。

私たちには貴族という地位がある。時にそれは畏怖《いふ》の存在となり、過剰《かじょう》な権力だと思われることもある。

だからこそ。立場に求められる責任を肝《きも》に銘《めい》じている。高度に物事を知っているからこそ、民《たみ》を導くことが出来る。

席に戻《もど》ると、ゼノンさんは「そういえば、なんで睡眠薬が入ってるって分かったの？」と首を傾《かし》げながら聞いてきた。

「……上司に鍛《きた》えられまして」

希少な薬なら分かりようもないけれど、巷《ちまた》でよく使われている薬の味は覚えさせられた。レオン様の、あのお菓子《かし》当てゲームによって。

そして常に解毒薬を持ち歩くように言われていた。どんな時でも。

今まさに、それが役立った。

――レオン様。役立ちましたよ！

心の中で、天にこぶしを突《つ》き上げたい心境。

けれどそれは長くはもたない。レオン様のことを思い浮《う》かべると、自責の念が込み上げてくる。天に掲《かか》げた心の中のこぶしが、ゆっくりと地に向けて下ろされるのだった。

ゼノンさんは「ああ、危なかった」と笑い、「あ、そうだった。カードゲームに気を取られてすっかり忘れてたよ」と首元から何かを取り出した。装飾《そうしょく》の施《ほどこ》された太い指輪のようなリングの中央に鮮《あざ》やかな空色の大きな鉱石がついた、銀色のネックレスだった。

彼は額にそれを一度当てた後、窓辺にそっと置いた。

——聖導具だろうか？

それにしてもゼノンさん、危機感がなさすぎである。

今まで一体どうやって生きてきたのか。エルドリア神聖国は誘拐されても安心なのか。

——気になることがあった。

「エルドリア神聖国は——他国の者の出入りはあまりできないのですよね」

「そうだね」

「他国からの人が入国するときはどんな時ですか？」

「ん〜……よっぽど懇意《こんい》にしていたか、切実な事情があるか、神託《しんたく》があるか、かな」

ゼノンさんが、「これ、秘密ね」と人差し指を自分の口に当てた。

なぜ神聖国はスラン王国と取引しようと思ったのだろう。

我が国は神聖国と懇意にしてはいない。切実な事情もない。

ということは、今回は神託でもあったのだろうか？

——では、ジュリエッタ様は？

我が国の混乱を悪化させた仕掛《しか》け人ともいうべきフォンタナ元宰相《さいしょう》の——娘《むすめ》。

彼女は、聖導具を使った大規模な陰謀《いんぼう》を——本当に知らなかったのだろうか。

恋愛《れんあい》至上主義を払《ふっ》しょくしようとしているこのタイミングで、エルドリア神聖国が我が国に来た。

レオン様は、ジュリエッタ様の行方《ゆくえ》はその後分からない、神聖国にいない可能性も高いと言っていたけれど——本当にそうだろうか。

あまりにタイミングが良すぎるような、そんな気がしてならない。

——もし、ジュリエッタ様がフォンタナ元宰相の計画を知っていたとしたら？

もちろん、公衆の面前で婚約破棄《こんやくはき》をされた後、彼女はすぐに国外へ出ているから、直接かかわってはいないだろう。

けれど、こちらから手紙を送ることは出来る。

すべて知っていたとして。

彼女がその後もエルドリア神聖国にいたとしたら？

侯爵令嬢《こうしゃくれいじょう》が嫁《とつ》ぐのだ。

フォンタナ元宰相が、その辺の町人に手塩にかけた愛娘《まなむすめ》を任せるはずもない。

――権力も地位もある人。

エルドリア神聖国には、王族がいるという。

彼らは神の代理として崇《あが》められ、直《じか》に神の声を聞くらしい。決して外に出ることがないので気にしなくていいと、アルノー殿下《でんか》に言われていた。

もし、王族に嫁いでいたら？

そういえば、エウフェミア様が一瞬《いっしゅん》『王弟妃《おうていひ》』と口にしたような気がする。

「ゼノンさん。王族って――」

そう言ったとき、鳥の鳴き声のような甲高《かんだか》い音が突然響《とつぜんひび》いた。


ピューーーーーイッ！


「……来たっ！　――ミュラーさん、こっち！」

ゼノンさんは目を輝かせて立ち上がり、私の手を引き、壁際《かべぎわ》に座り込んだ。

「頭抱《かか》えて！　来るよ！」

わけも分からずに頭を抱えていると……。

――爆音《ばくおん》と共に大きななにかが飛び込んできて、雨戸のついた窓が砕《くだ》け散った。

あまりの衝撃《しょうげき》に思わず目をギュッとつぶっていた私は、ゆっくりと瞼《まぶた》を開ける。

そして目の前の光景に、目を奪《うば》われた。

薄暗《うすぐら》い部屋の中で、薄《うっす》らと青く発光している大きな物体。

人間の子どもほどの大きさもあるそれは――青い鳥だった。

尾《お》は長くしなやかに広がり、青い羽が幾重《いくえ》にも優雅《ゆうが》に重なっている。

深い青色は宝石のような輝きを放っていた。

首や足首の金色の輪に、いくつもの聖石がはめられている。

もしかしてこれが……神聖国の国鳥アプセニス？

小鳥を想像していたのに、大きすぎる。

けれど――不思議と恐怖感《きょうふかん》は全くなかった。

扉《とびら》の外で男たちが大きな音に動揺《どうよう》しているようで、バタバタと走り回っている。

「どうした！」

「くそ！　薬どーなってんだよ！　眠《ねむ》ってねーじゃねーか！　あいつら窓壊《こわ》したのか⁉」

「壊してどうすんだよ。ここ四階だぞ⁉」

仲間同士で争いながらも、ガチャガチャと鍵《かぎ》を開けようしている。

ど、どうすれば⁉　と狼狽《うろた》えていたら、ゼノンさんが叫《さけ》んだ。

「ミュラーさん、耳塞《ふさ》いで！」

私は慌《あわ》てて両手で耳をしっかりと塞ぐ。

男たちが扉を開けた瞬間《しゅんかん》――。

ピィィィィイイーーーーッッ！

先ほどよりさらに甲高い音が、塞いだ耳の奥で聞こえる気がする。

その瞬間――男たちは硬直《こうちょく》し、ぎょろりと目を白くさせ――崩《くず》れるように、その場に倒《たお》れた。

全員、一人残らずに。

何が起こったのか分からない。

私はうずくまり、耳に手を当てたまま、驚《おどろ》きのあまり少しも動くことが出来ないでいた。

呆然《ぼうぜん》としているうちに、バタバタと大勢の足音がし始めた。

「無事か⁉」

私に見えたのは、銀色の髪《かみ》の、愛《いと》しい人。

冷静沈着《ちんちゃく》な彼が、眉《まゆ》をひそめ汗《あせ》をかき、切羽詰《せっぱつ》まった表情で私を見つめた。

ゼノンさんに言われて、失敗も今後に活《い》かせばよいと、気丈《きじょう》に振《ふ》る舞《ま》おうとしていたのに。沈《しず》んだままでいても相手を不快にさせるだけなのを知っているから、明るく振る舞っていたのに。

——心の底に閉じこめていた箱が、一気に開いた気がした。


——ごめんなさい。

こんなことになってしまって、ごめんなさい。

私のせいで、エルドリア神聖国との国交がなかったことになるかもしれない。

ゼノンさんは、最初に言った。

『失敗しない人間なんていない。取り返しがつかないこともあるけど……これはそうじゃない』

けれど、パンを買いに行っただけで、国交に影響《えいきょう》を与《あた》えることになっている。

小さなビー玉の力が、巡《めぐ》り巡って建物すら破壊《はかい》する力になることだってあるのだ。

——責任問題を問われれば、これはきっと取り返しのつかないことの方。


エウフェミア様の喜んだ顔が見たかった。

小さなことでも積み重ねることで、信頼《しんらい》になることを知っていたから。

それにより我が国の評価が上がることを期待した。

レオン様に、「よく頑張《がんば》ったな」と、言ってもらいたかった。

──私は、褒《ほ》められたかっただけなのかもしれない。

それならば……ただの私の自己満足ではないか。

レオン様が駆《か》け寄って来ている気がするのは夢だろうか。

視界が滲《にじ》む。

「ごめんな、さい……」

私の意識は、そこで途絶《とだ》えた──。

どうやら、アプセニスの声の効果は、私の耳にもしっかりと届いていたようだ。

第五章

失敗と反省

薄《うっす》らと目を開けると、いつもの見慣れたベッドの上だった。

部屋に差し込む日の光が、淡《あわ》い光をまとうカーテンの隙間《すきま》から、柔《やわ》らかく溢《あふ》れている。

部屋の中は静寂《せいじゃく》が漂《ただよ》い、時折聞こえる小鳥のさえずりが、現実であることを示していた。

頻繁《ひんぱん》に入浴中に寝落《ねお》ちするとはいえ、どうして今自分がここにいるのか分からなくて、昨日いつ寝たかな？　と考えた。

——おもむろにベッドから身を起こした。

そうだ。

昨日はゼノンさんと一緒《いっしょ》に監禁《かんきん》されていて、助けが来て——。

一瞬《いっしゅん》で血の気が引いた。

私はなんの説明もせず、そのまま朝まで寝てしまったということだ。

時間もすでに始業時間ギリギリだ。

「タ、ターニャッ！」

私が大きな声を出すと、扉から侍女《じじょ》のターニャが出てきた。

「お目覚めですか。体調はいかがでしょう」

「ターニャ、遅刻《ちこく》しちゃう！　早く支度《したく》をして！」

私が急いでベッドから出ようとすると、ターニャに押し戻《もど》される。

「奥様。旦那《だんな》様より本日はしっかり休むようにと指示されております」

優《やさ》しく微笑《ほほえ》んだターニャに……私は首を振《ふ》った。

そんなことはダメだ。

私には説明責任があって、誠心誠意謝罪もしなければならない。

賓客《ひんかく》を危険に晒《さら》したのだから。

「ダメよ、行かなきゃ。私がやらなきゃ」

私の責任なのだから、ちゃんと最後まで責任をもって――。

私じゃないと。

「奥様」

ターニャが顔をこわばらせた。

「厳しいことを言うようですが。仕事とは、その人がいなくて困ることはあれど、その人がいなくて回らないということはなかなかありません。結局のところ、なんとかみんなでカバーするものなのです」

「………でも、私のせいで」

「部下の仕事の責任を取るのは上司です。そのためにいるのです」

「……とんでもない迷惑《めいわく》をかけて」

「迷惑をかけるのも、若い人の仕事です」

目覚めたばかりで混乱していたのだろう。

今まで家で、仕事の話や愚痴《ぐち》を漏《も》らしたことなど一度もないというのに。

涙腺《るいせん》が決壊《けっかい》し、ぼろぼろっと涙《なみだ》が溢れる。

ベッドに座っていた私は慌てて膝《ひざ》を立て、顔を埋《うず》めた。

でも、一度口に出した弱音を止めることは出来なくて。

「――喜んで、もらいたかったの」

「当然のことです」

「よくやったなって、褒めてほしかったの。……子どもみたい」

「やりがいのない仕事は続きませんから。私のような年齢《ねんれい》でも思うことです」

ターニャが慰《なぐさ》めてくれているのに、余計に涙が出る。

「ゼノンさん……一緒に監禁された方は、無事だったのかしら」

「特に怪我《けが》もなく、奥様の迅速《じんそく》な処置のおかげで睡眠薬《すいみんやく》を解毒《げどく》できたとおっしゃっていたと聞いております」

「そう……」

「奥様。ひとまず食事を摂《と》りましょう。お腹《なか》が空《す》いていると悪い考えばかり浮《う》かんでしまうものです」

ターニャはすぐさま食事を用意してくれる。

私の両手首には包帯が巻かれていた。縄《なわ》をなんとかしようとして、なんの意味もなさなかったという、負の勲章《くんしょう》。

ゼノンさんとカードをしているときはブラウスでうまいこと隠《かく》していたのだ。だって、意味のないことに格闘《かくとう》していたなんて恥《は》ずかしいから。

「元気がないときは、あたたかいものを食べると良いですよ」

真っ白な陶器《とうき》の器《うつわ》に盛りつけられたそれは、ふんわりとした湯気が上っている。熱々なのだろう。

ベーコンがたくさん入ったチーズリゾット。

表面にはとろりと溶《と》けたチーズが絡《から》みつき、見るからに濃厚《のうこう》で豊かな味わいを予感させた。

美味《おい》しそうな香《かお》りで、お腹がキュッと締《し》め付けられたことにより、ようやくお腹が空いていたことを知った。

スプーンですくうと、表面のチーズが絡みついてくる。

口に入れると、チーズの濃厚さとベーコンの香《こう》ばしさが絶妙《ぜつみょう》に組み合わさり、まろやかでホッと安堵《あんど》するような、優しい味がした。

おいしい……。

――今回一人で突《つ》っ走ってしまった気がするけれど。

いつもたくさんの人に支えられていて、一人じゃないんだなぁと実感する。

ほろりとこぼれた涙で、リゾットが少ししょっぱい。

「もう少し召《め》し上がりますか？」

すっかり空になったお皿を見て、ターニャがクスッと笑った。

「いえ、もう充分《じゅうぶん》。……とても美味しかったわ」

「そう言っていただけて、シェフも喜びます」

――そうか。

誰《だれ》でも、一言のために頑張ったり、頼《たよ》りにされて嬉《うれ》しかったりするんだ。

誰かの役に立ちたいとか、自分の仕事が巡り巡って誰かのちょっとした幸せにつながっているかもしれないとか……それが私にとっての『仕事』だ。

私はちゃんと『仕事』をしようとした。やり方が悪かったのだけど。

スッと心が軽くなった気がした。

――この時、ふと気づいたことがあった。

……仕事。そうだ、仕事なんだ。

理由は分からないけど、これだけは間違《まちが》いないと思った。

「ターニャ……。私、やっぱり仕事に行きたいわ」

「……ではテルニアで連絡《れんらく》を入れますか？　事前に確認《かくにん》された方がよろしいかと思います」

「そうね。ちゃんと連絡するわ」

今度こそ、間違えない。


レオン様が外に出ているのは知っていたので、私は補佐《ほさ》室に連絡を入れ、無理を言ってアイリーン課長に出勤の許可をもらった。

補佐室に到着《とうちゃく》し、課長に私の意見を内密に話すと、すぐさまクロード殿下《でんか》に連絡を取ってもらえた。レオン様が戻る時間に合わせて四人でのミーティングがスタート。

レオン様は、いるはずのない私がそこにいるのを見て大きく目を見開いた後、深いため息をつき目を逸《そ》らした。

……呆《あき》れられたのだろう。

浮かんできそうになる涙をグッと堪《こら》え、私は説明した。

このメンバーなのは、法改正がおこなわれた理由を知っているからに他《ほか》ならない。

「昨日は大変ご迷惑をおかけしました。そちらについてはまた改めて謝罪させていただきます。そして本題なのですが。エルドリア神聖国には、国交とは別の、なんらかの意図があるのだと考えます」

「……意図？」

クロード殿下が首を傾《かし》げる。

「きっかけはエウフェミア様です。彼女は宰相閣下《さいしょう》に興味がある素振《そぶ》りを見せていました。最初こそ、本当に好意を持ってそうしているのだと思ったのですが、ふとした時に不自然さを感じました。本当は興味がないのではないか、と。エウフェミア様の今までが演技か何かであったことが推測できます」

レオン様が腕《うで》を組み、「まあそうだろうな」と頷《うなず》いた。

「彼女だけであれば、そういう人なのだと思ったでしょう。けれど、補佐室のロイさんが言っていたことを思い出しました。エウフェミア様以外の女性たちが、うちの文官たちに好意がある素振りを見せるのだと」

「――それは知らなかったな」

「まさか恋愛《れんあい》関係に？」

クロード殿下とレオン様の怪訝《けげん》そうな声に、アイリーン課長が顔の前で手を振《ふ》った。

「それは大丈夫《だいじょうぶ》みたい。最初に宰相閣下が釘《くぎ》を刺《さ》したことがちゃんと効いてるみたい……だけど、ロイの情報だから。実際のところ、水面下で仲良くされてたら分からないわね。

ちなみにステファンも熱心に狙《ねら》われてるわ。昨日なんてもう、酷《ひど》かったんだから」

アイリーン課長は昨日ステファン室長と共に、別の視察に同行していた。

「それです。エルドリア神聖国の今回の視察の意図は、本来のものとは別に、もう一つあるのではないでしょうか？　国交を結ぶにたりうるかはもちろんですが、もう一つ。――我が国にはびこった恋愛至上主義がどうなったのかの確認ではないかと」

「……どういう意味？」

クロード殿下が顔色を変えた。

「まだはっきりとはまとまっていないので何とも言えないのですが、女性たちがハニートラップを仕《し》掛《か》けていることは確かだと思います。それが――彼女たちの『仕事』なのです」

それだけは、はっきりと分かる。

「夜の誘《さそ》いがあったとはロイから聞かないから、気を持たせる程度のものでしょうけどね」

アイリーン課長が首をすくめた。

「これがエルドリア神聖国ではなく、すでに国交のある国であれば、信頼《しんらい》にたる国になったのか、とそういうことをするのも理解できます。けれど、全く国交のなかった国がわざわざこのタイミングで視察に来てハニートラップをおこなうのは――」

脳裏《のうり》に一人の人物が浮かんだ。

顔も見たこともない、その人。

我が国の汚点《おてん》だった過去を変えることなど出来はしない。

それはこの国が抱《かか》えていかなければならない問題だ。

でも今回は……そうじゃないのではないか、と私は思っている。

ただ、まだ点と点がつながってない部分があり、うまく説明できる気がせず、言葉を詰《つ》まらせた。

眉間《みけん》に皺《しわ》を寄せ、考え込んでいると、アイリーン課長がポンと肩《かた》を叩《たた》いた。

「難しいことは後回しにして、今は早急《さっきゅう》に手を打ちましょう。神官たちは視察をするでしょ？　それは彼女たちも同じだけれど、同時に文官たちにハニートラップを仕掛ける別の使命を持っているのだと思って良いと、シャルの意見を聞いて私も思うわ」

つまり——。

「至急、使節団にかかわりのある人全員に、不誠実なことをしていないかを確認すべきかと思います。それは神聖国の人々にだけでなく、神聖国の人を愛し、優先した結果、自分の恋人《こいびと》や妻を蔑《ないがし》ろにすることも含《ふく》まれるかと」

どういう理由なのか、今ははっきりと言えないけれど。今やらなければならないことは明確に分かっている。

「とりあえずシャルの言う通り、関係者全員の聞き取り調査を大至急しましょう」


アイリーン課長の指示のもと、個別に詳細《しょうさい》な聞き取りがおこなわれた。

それは文官だけでなく、護衛騎士《きし》や迎賓館《げいひんかん》内で諸々《もろもろ》の世話をする使用人たちにもおこなわれ――その結果、一人の執事《しつじ》見習いが該当《がいとう》してしまった。

「つまりあなたは、今現在妻がいる身でありながら、ソフィアさんに心を奪《うば》われたと」

アイリーン課長が仁王《におうだ》立ちで腰《こし》に手を当てたまま、肩をすくめて小さくなって座っている執事見習いピーターさんを見下ろす。

「使用人とは盲点《もうてん》だったな。宰相閣下の恋愛禁止の言葉はそっちまで届いてなかったのか？」

ステファン室長がピーターさんの対面で、足を組んでいた。

アイリーン課長とステファン室長の圧がすごい。

壁際《かべぎわ》で事の詳細を書き留めている私も、冷や汗《あせ》が出てくる。

実際のところ、結構な人数がアプローチを受けていた。ステファン室長のように、アプローチをアプローチとして認識していない人もいたけれど。

「あの……いえ、一応聞いてはいたのですが……」

「え⁉　聞いてたのに気にしなかったってこと～⁉　宰相閣下の厳命なのにぃ⁉」

アイリーン課長がわざとらしい。

ピーターさんが顔を青くさせながら、必死に首を横に振っていた。

「で、結局今どの段階だ」

「い、いえっ！　どの段階でもなんでもなく……！　ただすごく良い子で守りたくなる子で……でもまだ気持ちも伝えてません！　本当です！」

「でも、匂《にお》わせてはいたということですね」

私もつい口を挟《はさ》んでしまった。

ピーターさんは私の言葉にハッとした顔をして、気まずそうに顔を伏《ふ》せた。

私たち三人は顔を見合わせ、頷く。

――この状況《じょうきょう》を、今度はこちらが利用しよう、と。


宰相室の窓の外は、ただ静けさと暗闇《くらやみ》が広がっている。

私が書類を整理する音が、部屋の中で聞こえる唯一《ゆいいつ》の音だった。

――いや、私の耳には別の音が鳴り響《ひび》いている。自分の心臓の鼓動《こどう》だ。

バクバクとうるさいほどに鳴っていて、どれだけ自分が緊張《きんちょう》しているかの指標になっていた。そんな指標いらないのに、どうしても鳴りやまない。

宰相室の扉《とびら》が開き、レオン様が入ってきた。

慌《あわ》てて立ち上がった私は、「宰相閣下」と駆《か》け寄る。

レオン様は私を一瞥《いちべつ》しただけで、すぐに視線を逸らし、自身の執務《しつむ》机に荷物を置いた。

――怒《おこ》ってる。

すっごく怒ってる。

私が馬鹿《ばか》なことして迷惑《めいわく》かけたから。

一番認めて欲しかった人を、落胆させてしまった。

泣きたくなりそうな気持ちを懸命《けんめい》に押し殺し、グッとこぶしに力を入れた。

こんなことで泣くな。

「……さ、宰相閣下。あの」

「今日は休むように伝えたのだが」

「テルニアでアイリーン課長に許可をもらい」

「私は許可を出していない」

……それは、もしかして、私はもう不要ということだろうか。

もう、補佐官《ほさ》として、この先もいらないということだろうか。

――それだけの失態をおかしたということだ。

やったことはもう取り返しがつかないのだから。

けれど、やるべきことがあると思ったから、出来ることがあると思ったから、ここまで来たのだろう？　と自分を奮い立たせる。

――がんばれ。がんばれ私。

泣くな。


「――休みの指示が出ておりましたが、一刻を争うと思いましたので許可をもらいました。ご挨拶《あいさつ》したら帰ります」

震《ふる》える声を押し殺しながら言った言葉に、レオン様は大きくため息をついた。

その仕草を見ると、あまりに悲しくて。

やることなすこと空回りばかりの自分が悔《くや》しくて。


――がんばれ。

辞《や》めさせられることになるとしても、最後まで。

「昨日の件……本当に申し訳ございませんでした。勝手に私が列を離《はな》れたばかりに、聖騎士の方も危険に晒《さら》し――せっかく築こうとしている関係に水をさすことにな」

――パッと眼鏡《めがね》がとられ、きつく抱《だ》きしめられた。

痛いほどに、きつく。

「……どれだけ心配したと思っている。挙げ句にこんな怪我《けが》までして」

レオン様は私の手をそっと取り、包帯が巻かれた手首に優《やさ》しく口付けた。

「この身体《からだ》はきみだけのものではないだろう？　私のものでもある。勝手に傷を付けるな」

そう言ったレオン様の目が優しくて。

ぶわっと涙《なみだ》が溢《あふ》れそうになって、隠《かく》そうとその胸に顔を埋《うず》めた。

「大体……貴族の一員として、誘拐《ゆうかい》されたときの対応くらい学んでいるだろう？　大人しくしているのが鉄則なのに、なぜ傷が出来るんだ。縄《なわ》をちぎろうとでもしたのか？　きみの細腕《ほそうで》でちぎれるような縄なんて存在しないぞ？」

くつくつと笑うレオン様に、私はようやくフッと笑い「ごめんなさい」と告げた。

「――クリスティーヌ。本当に心配した」

「…………」

「心臓が、止まるかと思った」

まさかレオン様が。

比喩《ひゆ》表現が大げさすぎると苦笑《くしょう》したら、青い瞳《ひとみ》は全く笑っていない。眉《まゆ》をひそめ、じっと私を見つめていた。

「心臓を……鋭《するど》いナイフではなく、杭《くい》かなにかで延々と抉《えぐ》られるような感覚で。この私が、だぞ？　私の心臓を止めることが出来るのは、どうやらきみだけらしい」

レオン様が情けなさそうに眉を下げ、口元を緩《ゆる》めた。

「わ、私……」

何か言おうとしたけど、言葉が詰《つ》まる。

不意に自分の身体が浮《う》き、レオン様に横抱きにされ、二人でソファに沈《しず》み込んだ。

「少しだけ。きみが無事だと……そばにいると実感させてくれ」

私を膝《ひざ》に乗せたまま、レオン様は私を包み込む。

──私の失態で怒っているのではなかった。

ただただ──心配してくれていたんだ。

ゆっくりと彼の背に手を回す。

「し、心配かけて──ごめんなさい」

「……まったくだ。二度目は勘弁《かんべん》してくれ。あんな思いはもうたくさんだからな」

ゆっくりと唇《くちびる》が重なった。

それはいつもよりさらに優しくて、慈《いつく》しむようなキスだった。

「では、神聖国の方々は問題にしてらっしゃらないのですか？」

「ああ、むしろ謝罪していた。それにあまり心配していないようだった」

レオン様が私を膝の上に乗せ、頬《ほお》やこめかみにキスをする。

今日は緊急《きんきゅう》事態により、公私混同で良いそうだ。

レオン様は『きみではなく、私の精神衛生上、今はこれが必要だ』と言った。その後、行動では私を散々愛《め》でながら、口は淡々《たんたん》と仕事の話を続ける。

……器用だ。

「ゼノンという騎士《きし》は何者だろう？『彼なら大丈夫《だいじょうぶ》』と大神官は悠長《ゆうちょう》なことを言っていたが」

「演武ではすごい動きをしていましたよね。でもゼノンさんは戦っていません。絡《から》まれて早々に剣《けん》を渡《わた》してしまいましたから」

「――なんだそれは」

レオン様が「仮にも騎士だろうに」と訝《いぶか》しむ。

私は、うーん……と考え、首をひねった。

「ゼノンさんは……本当に騎士なのでしょうか？なんだか異質ではないですか？」

行動が自由すぎるのだ。

カリアス大神官やエウフェミア様にある程度は注意をされるが、多くは見逃《みのが》されている気がする。

そして他《ほか》の聖騎士たちと、あまり絡んでいないことに気づいた。

「……何かされたのか？」

心配そうにこちらを見つめるレオン様に、私はくすりと笑い、その頬に口づけをした。

「ご心配をおかけしていた最中だったのに大変申し訳ないのですが……ゼノンさんとはカードゲームで遊んでおりました」

「……は？」

「監禁《かんきん》されて、割とすぐに私が王宮の文官であることが分かったらしく。貴族の扱《あつか》いに困った彼らは、私たちに暇《ひま》つぶしにとカードゲームを差し入れ、縄を解いてくれました」

「……は？　悠長にそれで遊んでいた、と？」

「ごめんなさい」

苦笑した私にため息をついたあと、レオン様は私の頭をひきよせた。

「そんなに謝らなくていい。……エウフェミア様がきみを必死に庇《かば》っていたよ。自分のためにパンを買いに行こうとしたのだと。自分が頼《たの》んだのだと」

――カリアス大神官と先頭を歩いていたパトリックが、市場を抜《ぬ》けようとした時だった。

一人の護衛騎士が妙《みよう》に焦《あせ》った様子でパトリックに近寄ってきて、耳元で囁《ささや》いた。

「ミュラー補佐官が戻《もど》ってきません」

「……なんだと?」

話を聞くと、どうやらすぐ戻るからと今来た道を戻って買い物に行ったらしい。

「……なぜ同行しなかった」

「も、申し訳ございませんっ」

貴族の女性を一人にするなど、絶対にあってはならないこと。それは護衛騎士とて重々承知だっただろうに。

それも少し想像すれば分かること。

彼女が言ったのだ。付いてこなくて良いと。使節団に付いていていてくれと。

あの子の考えそうなことだ。

「それで……聖騎士のゼノンさんが後から追いかけていって……戻ってきていません」

「なっ!　それを早く言え!」

すぐさま場所を移し、近くの屋敷《やしき》を借りた。

我が国の文官と共に聖騎士がいなくなったことに対し謝罪する我《われ》らに、エウフェミアは首を振《ふ》った。

「違《ちが》うのですっ！　わたくしが……わたくしがお願いしたのです。先ほどのあのパンが食べたかったと。ミュラー補佐《ほさ》官はわたくしの意を酌《く》み、内緒《ないしょ》で買ってきてくれようと」

目に涙を浮かべた彼女に他意はないのだろう。けれど、パトリックは自分の表情がこわばるのを感じた。

最高峰《さいこうほう》の文官たる自分の部下を、自分の妻を、たかがパンのために一人で走らせたというのか。

自分のところの聖騎士を買いに行かせれば良いではないか。

それをこの女は、きっと聞こえよがしに『パンが食べたい』とでも言ったのだろう。クリスティーヌだけに聞こえるように。

それを聞いたあの子が、きっと買ってきてくれるであろうことを知りながら。

あの子が懸命《けんめい》にもてなそうとしていることを知りながら、悪気もなく呟《つぶや》く。

目の前が、怒《いか》りで熱く燃えるようだった。

今すぐにでも彼女を捜《さが》しに行きたかったが――そうできる立場ではないし、何の情報もないままに捜しに出るのは無謀《むぼう》そのものだ。

唇をギュッと一文字に引き結び、方々に調査を手配した。

そうして分かったのは、市場で二人がトマトジュースを浴びていたということだ。

たくさんの人がそれを見ていたが、その後の行方《ゆくえ》はぱたりと途絶《とだ》えていた。

パン屋には顔を出していない。

つまり考えられることは——誘拐《ゆうかい》だ。

「ゼノンと一緒《いっしょ》ならば、心配はいらないかと思います」

カリアス大神官が首から石のついた革《かわ》ひもの首飾《くびかざ》りを取り出し、そっと窓辺に置く。

「それは……聖導具？」

「はい。アプセニスを呼び寄せます。ただ……今は神聖国にいると思うので時間がかかりますが」

アプセニスとは、エルドリア神聖国の国鳥。

首飾りの聖導具は、書簡のやり取りに使用していたものだろう。

非常に大きな青い鳥で、初めて見た時は怪鳥《かいちょう》か何かかと驚《おどろ》いたが。

「ゼノンも呼び寄せるでしょう。まだ呼び寄せていないということは、切羽《せっぱ》詰まった状《じょう》況《きょう》ではないということです」

それは全員持っているのかと確認《かくにん》したところ、持っているのはカリアス大神官と聖女エウフェミアと、聖騎士ゼノンだけだという。

「この状況も、ゼノンにとっては冒険《ぼうけん》のようなものかと」

ふふっと笑った大神官に、目の前がまたしても赤くなった。

「──冒険をしているから、何もせずに気長に待っていろと？　私の部下も一緒なのだが」

何を呑気《のんき》に。

いなくなったのは、心配がないというゼノンだけではない。

人のことばかりに気を配り、いつも自分のことをおろそかにする、あのクリスティーヌだ。

小さな子どもがおつかいに行くのを見守るような口調にいら立ちを隠《かく》せずにいたら、カリアス大神官が慌《あわ》てて言った。

「いえ、決してそのようなことは……」

口ごもった彼は、そのまま顔を伏《ふ》せた。

その間、王宮に早馬を立てる。

もしテルニアが持ち運び可能な仕組みだったなら、すぐにでも連絡《れんらく》が取れるのに、と開発が進まないことが悔《くや》しくてたまらない。一番必要な時に間に合わない。

──アプセニスが到着《とうちゃく》したのは、数時間後だった。

その間、エウフェミアはさめざめと泣いていた。

妻に害をなした女だと思うと、もう敵にしか思えない。どうしたら自分を一番良く、魅《み》力《りょく》的に見せられるかを知っていて泣く女に見えて、心底反吐《へど》が出る。

到着したアプセニスは、屋敷の外の木のてっぺんにとまったまま、ほとんど動く様子を見せなかった。

たまにきょろきょろと不安げに首を振るが、飛び立とうとはしない。

「やはりまだ窓辺に聖石を置いていないようですね」

カリアス大神官がそう言うと、エウフェミアは「でもゼノンなら」と言いかけ、ハッとして口を押さえた。

——こいつらは一体何を隠しているのだろうか。

いつでも動けるようにした状態で一時間ほど経《た》ったとき。

アプセニスが甲高《かんだか》い音で鳴き、飛び立った。

パトリックたちが付いてこられるように速度を抑《おさ》えて飛び、そしてとある場所の上空で旋回《せんかい》し、一点を見続けている。

「あそこでしょう」

聖騎士《きし》がそう告げた途端《とたん》。

アプセニスはさらに空高く舞《ま》い上がる。青い羽が夕闇《ゆうやみ》の空にきらめいていた。空を滑《すべ》るように滑空《かっくう》した青い鳥は、目で追えないほど速く。

そして――轟音《ごうおん》と共に、建物のとある部屋の窓がぶち破られた。

慌てて階段を駆《か》け上る最中、甲高い鳴き声が聞こえた。はやる気持ちを懸命に抑えながら、部屋に入ると――。

数人の男たちが倒《たお》れていた。

そして奥の部屋では……中央に陣取《じんど》っていたアプセニスの傍《かたわ》らで、壁際《かべぎわ》にうずくまるようにしてこちらを見つめた、クリスティーヌの姿があった。

アプセニスが壊《こわ》した窓の木片《もくへん》が散らばり、埃《ほこり》がたっている。

駆け寄ったパトリックに、クリスティーヌは瞳《ひとみ》を濡《ぬ》らし「ごめんなさい」と告げ、意識をなくした。

クリスティーヌを抱《だ》きかかえたパトリックに、ゼノンが目を大きく見開き、言った。

「僕の、せいです」

彼はブラウスの隙間《すきま》から見えた、クリスティーヌの手首に視線を定めていた。

明らかに縛《しば》られたのをどうにかしようとして出来た傷は血が滲《にじ》んでいる。

ゼノンの瞳が揺《ゆ》れていた。

彼は今までクリスティーヌが怪我《けが》をしていたことに、気づいていなかったのだろう。

彼女は、なんでも自分で何とかしようとするから。

ぐっと唇《くちびる》を噛《か》みしめて、押し殺した声で言った。

「いえ。我が国の不手際《ふてぎわ》で危険な目にあわせてしまい、謝罪のしようもございません。あなたにお怪我はありませんか」

……そんなこと、どうでもいい。

なぜクリスティーヌを危険な目にあわせた。なぜ彼女が怪我をしている。お前は聖騎士だろう？

渦巻《うずま》く言葉を呑《の》み込み、わざとらしい言葉を口にする。

自分は今、宰相《さいしょう》・パトリックとしてこの場にいるから。

そして腕《うで》に抱く女性は――部下だから。

妻だからこそ、時には後回しにしなければならないこともあるだろう。

どれほど最優先にしたくても、彼女はきっとそれを望まない。

――安全なところに閉じ込めておければ、どんなに気が休まるだろう。

どこも怪我はないと首を振ったゼノンに、パトリックは大きく頷《うなず》き、その場を後にした。

――結局今回のことは、お互《たが》い手落ちがあったということで、不問とすることが決まった。

むしろ、なぜか恩を売ったような気さえしてしまう。

あまりにも向こうが詫《わ》びる様子だったから。

「それで、ミュラー補佐《ほさ》官は大丈夫《だいじょうぶ》なの？」

クロードが書類に目を通しながら言った。

「ああ。アプセニスにより意識を失った者は、一晩もすれば目を覚ますとのことだ。あとは縛られているのを何とかしようとして、両手首に血が滲んでいた」

「……実行力のある妻を持つと大変だね」

「まったくだ」

「それで犯人たちは？」

「もちろん捕《つか》まえた。あとは司法に任せる」

知らなかったこととはいえ、貴族と他国の貴賓《きひん》に危害を加えたのだ。法に基づいて厳正な処分がおこなわれる。エルドリア神聖国側も、それで問題ないとのことだった。

このあと——休んでおくように指示していたクリスティーヌが出勤していることを知り、『なんで大人しくしていられないんだ!?』と叫《さけ》びたくなった——。


宰相室のソファの上で、レオン様に眼鏡《めがね》を取られたままの私は、その胸に身体《からだ》を預けながら囁《ささや》いた。

「ゼノンさんについては何か隠していることがありそうですが、教えてくれそうにはないですね。……かなり身分の高い人だとは思いますが」

「そうだな。……きみの言った恋愛《れんあい》禁止に目を配ることについては、早々に言ってもらえてよかったと思う。ありがとう」

レオン様のその一言が、胸に染《し》み渡《わた》る。

「……勝手に動いて、本当にごめんなさい。次からは動く前にちゃんと相談します」

「そうしてくれ。肝《きも》が冷える」

ため息をつきながら微笑《ほほえ》んだレオン様は、私の額に、優《やさ》しい口づけを落とした。

第六章

別れとおとぎ話

エルドリア神聖国の使節団は、本日で帰路につく。

空が青く澄《す》み渡るほどよく晴れた午前中に、小規模なお別れ会が大広間でおこなわれた。楽団が呼ばれ、美しく穏《おだ》やかな旋律《せんりつ》のメロディーを奏《かな》でる。

この期間にすっかり仲良くなった両国の神官と文官は、楽しそうに談笑《だんしょう》し、そして別れを惜《お》しんだ。

なんとか無事に終わりそうだ。

ソフィアさんに心を奪《うば》われた執事《しつじ》見習いのピーターさんは、アイリーン課長たちの演技指導の下、ソフィアさんとの話をなかったことにすることに成功。

『ソフィアちゃん、自信がないなんて言わないで。きみはとても魅力的だ。うちの妹みたいで目が離《はな》せなかったんだけど……きみを見ていると、エルドリア神聖国はとても素敵《すてき》な国なんだろうなと想像がつく。いつか行ってみたいな。妻と子どもを連れて、家族で』

ソフィアさんは直前まで、完全にピーターさんを堕《お》としたと思っていただろう。けれどきっぱりと断られたことで、なびかなかった印象が強くなるのではないか。手ごわい、と。

そう言われたときのソフィアさんは愕然《がくぜん》としていたものの、しばらくして納得《なっとく》したように微笑み『私も、ピーターさんに出会えてよかったです』と言っていたらしい。こっそり見張っていたアイリーン課長とステファン室長情報である。

——忙《いそが》しいのに、二人揃《そろ》って何してるんだろう……と思った私を許してほしい。


そしてこのお別れ会の中盤《ちゅうばん》で事件は起こった。

レオン・バスティーユ様……いや、熊《くま》さまがパーティー会場に来たのだ。彼が開発したドリップ灌漑《かんがい》システムに大変興味を持った使節団側が、最後にぜひ挨拶《あいさつ》だけでも、と熱望した。

熊さまは大変緊張《きんちょう》した様子で、カチコチになって歩いてくる。人見知り感がすごい。すっごくおっきくて逞《たくま》しい身体なのに、不似合いの自信のなさ。

彼がレオン様に連れられ、カリアス大神官の前に立った時——。

ふわっと風が吹《ふ》き上げ、白い花が会場内に広がった。

え、花……？

劇場で天井《てんじょう》から、ヒロインとヒーローを祝福するかのように落ちてくる花びらのよう。

え、室内なのにどこから花？　と訝《いぶか》しげに見ると、開け放たれた窓から風と共に入ってきたようだ。

ちょうど時刻を告げる時計台の鐘《かね》が鳴ったのが聞こえた。

「は、はじめまして。クラノーブルの主任研究員、レオン・バスティーユと……申します」

花が舞《ま》う中、緊張している熊さまが名前を告げた時に私が見たものは……目を大きく見開きキラキラと輝《かがや》かせ、頬《ほお》を赤くしたエウフェミア様だった。

彼女は完全に熊さまに見入っている。

両手を胸の前で組み頬を染めた彼女は、驚《おどろ》きの中に恍惚《こうこつ》とした様子が混じっていた。

——え？

「……エ、エルドリア神聖国からマイリましタ。エウフェミアと……申シます」

エウフェミア様は自国の言葉ではなく、我が国の言葉でたどたどしく挨拶をした。

彼女が我が国の言葉を話したのを、初めて聞いたのだけど。

……しかも、熊さまから一切《いっさい》視線を逸《そ》らさずに。

少女のように頬を染め、もじもじと恥《は》ずかしげにまばたきする様子に、つい先ほどまでの、毅然《きぜん》とした美しさが遠くの果てに飛んでいった。

——え？

私はエウフェミア様と熊さまを何度も見た。

態さまはなんだか分からないけど、怖《こわ》がられないように必死なのだろう。懸命《けんめい》に顔に作り笑いを張り付けている。緊張のあまり、エウフェミア様の顔をちゃんと認識《にんしき》すら出来てないかもしれない。

けれど、王都から来た我《われ》らは違《ちが》う。そして――使節団の方々も。

神官は、目にハートが浮《う》かんでいそうなエウフェミア様を見てポカンと口を開けている。

女性たちは信じられないものを見ているかのように、何度も大きくまばたきを繰《く》り返す。

二度見三度見する者、呆然《ぼうぜん》と立ち尽《つ》くしている者などさまざまだったが、ゼノンさんは満足そうに笑っていた。

どう見てもこれは……。

「完全に一目ぼれだね」

ゼノンさんが呟いた声は存外大きく、皆《みな》の耳に届いたようだ。

「「「……えっ!?」」」

全員がゼノンさんを見た後、もう一度エウフェミア様を一斉《いっせい》に凝視《ぎょうし》する。

エウフェミア様にもゼノンさんの声は届いていたようで……真っ赤な頬に手を当て、彼女は恥ずかしそうにくねくねしていた――。

「では、レオン様、婚約者《こんやく》イナイのですネ!?」

キラキラと目を輝かせたエウフェミア様はレオン様――いや、熊さまを熱い視線で見つめている。彼は顔を紅潮させ、こめかみをポリポリとかきながら「恥ずかしながら……」と小さな声で言った。

熊さまの回答を得るたびに、キャアッ！　と飛び上がるほど興奮し、お付きの女性の手を取り「どうしましょう……っ！」とはしゃぐエウフェミア様。

見事に恋《こい》する乙女《おとめ》になっている。

その様子は大変おかわいらしく、こちらも頬が緩《ゆる》みそうになるが……。

私たちは確信している。やはりこっちが本気の恋。レオン様へは、ハニートラップか何かなのだと。

ちなみに私が誘拐《ゆうかい》されたことに対し、エウフェミア様からは、自分がわがままを言ったばかりにと直接謝罪されていた。私が勝手にやったことなのにと心苦しくなった。

けれど、それすらもクロード殿下《でんか》やレオン様は、きっと外交の手段に使うのだろう。私の知らぬところで。

レオン様が一度、熊さまを呼びよせ、小声で何かを囁《ささや》いていた。熊さまは目を大きく見開き、キリッとした表情で頷《うなず》いていた。

……その時のレオン様が、何かを企《たくら》んでいる時のすっごく楽しそうな顔だったのが、大変気になるところ。

それから一時間ほど、エウフェミア様と熊さまは二人で話していた。

懸命に我が国の言葉でたどたどしくも話しかけようとするエウフェミア様が、遠目で見ても微笑ましい。

しばらくして、ススッと熊さまのそばから離れたエウフェミア様が、私とレオン様のところに来た。懸命に笑顔《えがお》を保っていたが、私の前で、一気にその表情を崩《くず》した。

「……わたくし、レオン様に直接気持ちをお伝えしましたの。でも、無理だって！　笑顔でおっしゃるの！」

さめざめと泣き始めるエウフェミア様に、ああやはり熊さまのことを本気で……と思い、同情してしまった。相手が熊さまなら私には何の問題もなく、自分の現金さ加減に呆《あき》れる。

ふと隣《となり》を見ると、レオン様がニヤッと笑い、心配そうな表情を作った。

「ああ、我が国は最近法改正したばかりですので、恋愛《れんあい》に敏感《びんかん》になっておりまして」

「っっ！　貴国がすっかり恋愛至上主義を払《ふっ》しょくされたのは——充分《じゅうぶん》に存じております わ。それはもうしっかりと」

真剣《しんけん》なまなざしでそう告げたエウフェミア様は、少し離れたところにいるソフィアさんや、他《ほか》の女性たちに目配せをした。

「わたくし、このことをきちんと報告いたしますわ。ええ、それはもちろん。……ですのでレオン様はわたくしに」

ハニートラップを仕掛《しか》けていたことを認める、ということだろうか。

「なぜレオンをそれほどまでに？」

レオン様が問うと、エウフェミア様は何度か口を開閉させ、恥ずかしそうに小さく言った。

「……う、運命の人の名が――『レオン』だとご神託《しんたく》が」

「――……は？」

レオン様。賓客《ひんかく》相手に素《す》の口調が出ていますよ。

エウフェミア様は真っ赤になりつつも、こっちに近づけとばかりに、ちょいちょいと手を振《ふ》った。

「秘密ですわよ？　わたくし、この旅で『レオン』という方と恋仲《こいなか》になるのだと。そして彼を連れて帰ると、最高の幸せが得られるのだと、聖女のご神託をいただきましたの」

ポッと頬を染めながらそう言った彼女に、私たちは絶句している。

うちの国の『運命の愛』も大概《たいがい》だが、『ご神託』だなんて。

そんなの本人の希望も何もあったものではないではないか。

こう思う私は、あまり信心深くない。

だが、神聖国の若い女性がこぞって『聖女審査《しんさ》』を受けるのは、聖女の特権の一つとして、運命の相手を神託として授《さず》かることが出来るからなのだそうだ。

「最初こそ、パトリック宰相《さいしょう》のミドルネームがレオンだと知り、運命の相手はあなただと思いましたのよ？　まぁちっともときめきませんでしたけど、きっとこれからそういう関係になるのだろうと、仲良くなろうと頑張《がんば》りましたの。ですがレオン様を見て……お名前を紹介《しょうかい》される前から一目ぼれしてしまいました。あの逞《たくま》しい身体《からだ》に優《やさ》しそうな表情。それはまるで熊《くま》のようで」

……名前を知る前から惹《ひ》かれたというのであれば、ご神託による刷り込み、というわけではないのか。

そしてエウフェミア様の『熊』に対する印象とは一体……。

確かに、エウフェミア様は熊さまの名前が『レオン』だと知る前からときめいていたようだ。レオン様に対する態度と熊さまに対する態度の差は歴然。

そう考えると……ご神託は本当だったのだろうか。

「お名前を知ったときは、頭の中で鐘が鳴りましたわ。神が遠くの地でもわたくしを祝福してくださっているかのように」

いや、それは時刻を表す時計台の鐘《かね》だ。実際に鳴っていた。

「ですので！　レオン様はわたくしの運命の相手なのです！　上司のあなたからぜひとも一言、お口添《くちぞ》えいただければ」

「——ああ、それは残念ですね」

必死の形相のエウフェミア様に、レオン様が清々《すがすが》しい笑顔を見せている。

それは確実に、今までのすべてをやり返そうとしている時の顔。

……申し訳ありません、エウフェミア様。

すっごく楽しそうなレオン様を止めることは、私には出来ないのです。

「レオンは我が国にとって重要な人間。おいそれと差し上げるわけにはいきません。それにあなた方は――わざと恋愛関係になろうとしていましたよね？」

ニコニコとするレオン様に、エウフェミア様の顔がひくついた。

「どういった理由なのかは存じませんし、あなた方も言うつもりはないでしょう。ですが、あまり気持ちの良いものではありませんでした。なので……このことに関しては個人の問題として、私は協力するつもりはございませんので。ご自身の力でレオンの好意を得てみてはいかがですか」

使節団が帰る間際《まぎわ》だからだろうか。

仕事とは関係のないプライベートの話だからだろうか。

レオン様が強気すぎて、私は横でハラハラしっぱなしだ。

エウフェミア様が、唇《くちびる》の端《はし》をぴくぴくと引きつらせている。

「……その言葉、後悔《こうかい》しましてよ？」

「おや、一人の男が手に入らなかったからと、国の問題としますか？」

「……っ、そんなことしませんわっ」

「ああ、口が滑《すべ》ってレオンにあることないこと言ってしまうかもしれませんねぇ。――いつもパンを買いに行かされるぞ、とか」

……レ、レオン様っ⁉　何言ってるんですか⁉

その話はもう終わったんですよ⁉

どうやら彼は……あの事件のこと、根に持ってるようだ。

エウフェミア様がレオン様の隣にいる私をハッとした顔で見て、眉根《まゆね》を寄せ、一瞬《いっしゅん》悲しげにしたが――すぐさま私の手を握《にぎ》った。

「あんな嫌《いや》みな人が上司で……本当に大変ね」

かわいそうに、と私を見つめたエウフェミア様は、私の手を握ったままレオン様を睨《にら》む。

「良いこと？　わたくしとミュラー補佐《ほさ》官……いいえ、シャルロットはもうお友達なの！　あなたみたいにいつまでも過去をチクチク攻撃《こうげき》しないわ。器《うつわ》の小さい男ね。どうりでちっとも魅力《みりょく》を感じなかったはずだわ」

「その言葉、そっくりそのままお返しします。うちの補佐官に触《さわ》らないでください。また怪我《けが》しても困りますので」

にっこりと笑っているレオン様がグイッと私を引っ張り、自分の背に隠《かく》した。

……私、さっきから一言も喋《しゃべ》ってない。一人で目を白黒させている。

そしてこの二人――これまでの会話のすべてを、遠くからなら仲良く話しているように
しか見えないほど一定の笑みを携《たずさ》えながら、舌戦《ぜっせん》を繰《く》り広げている。

レオン様の言葉に、エウフェミア様がギリッと歯を食いしばったのが分かった。

ああっ！　レオン様がいつまでも怪我のこと言うから……っ！

「……ふふんっ。あなたが両手をついて、彼をわたくしのもとに送りたくなるようにして差し上げるわっ！　……覚えてなさい！」

レオン様の意地悪な本性《ほんしょう》を目《ま》の当たりにし、わなわなと捨て台詞《ぜりふ》を吐《は》いたエウフェミア様は、くるりと踵《きびす》を返した。

そして熊さまのもとへ行き、なんとか文通をしてくれるように懇願《こんがん》していた。

……レオン様が両手をついて熊さまを送りたくなる状況《じょうきょう》って、なんだろう。

それにしてもレオン様、ちっとも魅力を感じないって言われてた……。

後ろでブハッと噴《ふ》き出したのは、アイリーン課長とクロード殿下《でんか》。聞いていたらしい。

ステファン室長は顔をそむけたまま、身体を揺《ゆ》らしていた。

すぐそばにいたようだ。

レオン様が三人を笑顔で睨んだことで、彼らの笑いは一瞬だけ止まったけれど……すぐにまた思い出し笑いをされていた。

「ミュラーさん」

前方から手を振りながらゼノンさんがやって来る。笑顔《えがお》が少しぎこちない。

彼はあれから体調が悪いと迎賓館《げいひんかん》に籠《こ》もりっぱなしで、会えていなかったのだ。

「ゼノンさん。体調はいかがですか？　これからの長旅、大丈夫《だいじょうぶ》でしょうか？」

「うん。大丈夫です。ミュラーさんに怪我させてしまって……申し訳ありませんでした」

「いえ、私の方こそ。あ、ゼノンさんにお土産《みやげ》があるんです」

私は持っていたバッグからごそごそと袋《ふくろ》を取り出し、彼に渡《わた》した。

「これは？」

「ふふっ。カードゲームです。あちらに帰ってから遊んでください、と思ったのですけど……」

とても楽しそうだった彼の姿が思い浮《う》かぶ。けれど彼はあの時、『誰《だれ》も僕に本気で相手したりしないから』と言っていたから、どうすべきか迷っていた。

でも……ゼノンさんのために購入《こうにゅう》したから。

一瞬彼は目を輝《かがや》かせたけれど、すぐに悲しげに言った。

「……遊ぶ人、いませんから」

「やっぱりそうですか」

目を伏《ふ》せ、乾《かわ》いた笑いを浮かべたゼノンさん。

「ははっ。あ、でも一人でも練習でき」

私はゼノンさんに渡した紙袋《かみぶくろ》をひょいと奪《うば》い取った。「え」と目を白黒させるゼノンさんに、にっこりと笑った。

「ということで、これは私が預かります。またお会いした時に、一緒《いっしょ》に遊びましょう。ゼノンさん専用です。今度はみんなで」

「──また？」

ゼノンさんが目をまん丸にして、ポカンとした顔で呟《つぶや》いた。

「そうです。また」

「……みんなで？」

「はい。みんなで」

国交が正式に樹立すれば、行き来だって出来る。

そしたらゼノンさんがまた来ることだってあるだろう。

彼はしばらく私をきょとんとして見つめた後、瞳《ひとみ》を潤《うる》ませ、くしゃりと破顔した。

「うん……また。必ず」

「はい」

そのとき、横からレオン様が低い声で言った。

「……ミュラー補佐官は既婚《きこん》者ですからね」

珍《めず》しくレオン様が引きつった顔で笑っている。

ゼノンさんはその言葉にしばらくポカンとした後、あはは っと無邪気《むじゃき》に笑った。

「ミュラーさんはそういう対象じゃないです。僕、十四歳ですし」

年上はタイプじゃないんですよ、と笑う彼は……少しばかり失礼ではないだろうか。

でも、とても納得《なっとく》している。ゼノンさんからは、そういう目で見られている時のような嫌悪感《けんおかん》が今まで一切《いっさい》なかったから。

というか……十四歳だったとは！

その年齢《ねんれい》にしては随分《ずいぶん》と背が高かったから、そこまで若いとは全く思っていなかった。

あの無邪気さは本当に子どもだったからか。

なぜこの年齢で使節団に同行していたのかは不明だが。

彼は私たちに向き直り、姿勢を正し「パトリック宰相《さいしょう》、ミュラー補佐官。大変お世話になりました。非常に有意義なものとなりました」ときりっとした表情で言った。

その後、カリアス大神官やエウフェミア様と共に、彼はクロード殿下たちに挨拶《あいさつ》をしていた。

今回の視察は大変有意義であったとカリアス大神官が述べる。

お互《たが》いが今後、良い報告が出来ることを祈《いの》っているという言葉で、会は終了《しゅうりょう》した。

——黒い眼帯をまだ装着したままのアルノー殿下が終始神妙《しんみょう》な顔をし、最後に深々と頭を下げたことが印象に残っていた。

「……ゼノンさんが——王族？」

その夜。

昼過ぎに使節団が帰り、ようやく一息ついたころ。

クロード殿下の執務室《しつむ》で、レオン様とアイリーン課長、私がいる中、アルノー殿下が言った。

「ああ。唯一《ゆいいつ》、青いフィラロスは王族の証《あかし》だ。王族と言っても、うちやその辺の国のような王族とはわけが違《ちが》う。あそこの王族は神と同格として崇《あが》められている。そして、国外に出ることも、神殿《しんでん》を兼《か》ねた王宮から出ることもない。——籠《かご》の鳥だ」

アルノー殿下の言葉に、レオン様が低い声で唸《うな》った。

「——なぜそれをすぐに言わなかったのですか」

アルノー殿下は目を伏せ、小さく言う。

「……知られたくないのだろうと思ったから」

「アルノー……」

クロード殿下はこめかみをトントンとしながら、ため息交じりの落胆《らくたん》した声を出す。アルノー殿下が、申し訳なさそうにぐっと眉《まゆ》をひそめ、こぶしを握《にぎ》った。

それは、明らかに報告を必要とする情報。最重要とすら言える。

王族だと分かっていたら警備だってもっと厳重にしていたし、ゼノンさんが誘拐《ゆうかい》されることだってなかっただろう。王族と騎士《きし》とでは、こちらの対応を大きく変えないといけないのは当然のことだ。

アルノー殿下は、気付いた時点でなぜ言わなかったのだろう。

「兄上、報告せずに申し訳ありません……。――ただ、神と崇められる彼の……ただ一度の自由だったのだろうと……そう思ってしまって」

アルノー殿下はクロード殿下に失望されたことに、大きくショックを受けているようだった。

でも……今、なんと？

「一度きりの自由、とは？　ゼノンさんは……もう外に出られないということですか？」

アルノー殿下がためらいながら、こくりと頷《うなず》いた。

「そもそも、王宮どころか、国外に出たこと自体が想定外すぎるんだ。よっぽどのことがない限り出て来られないだろう」

――出て来られない。

なんだか、アルノー殿下の声が遠くから聞こえる感じがする。

現実じゃないような。理解したくなくて、無理矢理《むりやり》自分の頭にモヤをかけているような。

震《ふる》えそうになる声を懸命《けんめい》に抑《おさ》えながら、努めて冷静に質問した。

「……エウフェミア様は神託《しんたく》を受けたと言っていました。神様の声を聞くのが神託ですよね？　神官が神託を聞くのですよね？　では神様と王族が同格というのは……？」

「──神託を『授《さず》ける』のが、王族らしい。やり方はさまざまらしいが、夢で見たり、白昼夢を見たり……瞬時《しゅんじ》に未来が目の前に浮かんだり、文字で見えたりするとか。俺もおとぎ話のように聞いていたから、定かではないのだが」

……神託を授けるのが王族。

神託を聞くのが神官。

そんなに崇められた王族は──神官以外と話す機会すらないのでは……？

そう思った瞬間、背筋が凍《こお》った。

──だから彼は、何も知らなかったんだ。

見るものすべてが珍しくて、きっと書物の中でだけ知っていた話と現実を照らし合わせようとしていたんだ。

──誰《だれ》も自分に本気で相手をしないと言っていた。友達なんていない、と。

この国では『誰も僕のために責任をとらなくったって……良いんだ』と言っていた。

山ほど、と言えるほど、自分がしたことで他《ほか》の人が責任を取らされ、処罰《しょばつ》されてきたのだろうとあの時思ったけれど。

神として敬っていれば……そうなるのだろうか。

腫《は》れ物に触《さわ》るように扱《あつか》われて。他の人にならたいしたことにならないミスも、彼相手なら厳罰《げんばつ》に処されてしまうのかもしれない。

必要最低限しか喋《しゃべ》らず。感情を表に出さず。

カリアス大神官とエウフェミア様は、ゼノンさんのことを当然知っていたのだろう。

だから……今回だけは極力自由にさせてあげたかったのだろうか。

「……なによそれ。虐待《ぎゃくたい》じゃないの……っ？」

アイリーン課長が、悔《くや》しそうに吐《は》き捨てた。

「我が国とて、王子が小さい頃《ころ》から外に行くのを良しとしているわけではない。安全上の問題もある。それは……内政干渉《ないせいかんしょう》だろう」

レオン様の言葉に――鼻の奥がツンと痛んだ。


トマトジュースをかぶって無邪気に笑った彼に。

カードゲームで心底悔しそうにした彼に。

別れ際《ぎわ》、泣きそうだったのを懸命に堪《こら》えて笑った彼に。

——もう二度と会えないのだと、そう思い……やっぱりカードゲームを渡《わた》しておけば良かったと、スカートを握りしめた。


——使節団が帰還《きかん》して一か月後。

神聖国より正式な国交申し入れの書簡と共に、聖石が大量に送られてきた。

とんでもない贈《おく》り物に、上層部は騒然《そうぜん》となった。

「返礼に同等のものなどないぞ」

「ないですね……」

誰もが頭を悩《なや》ませていた時、アプセニスが飛んできた。

それはレオン様宛《あ》てだったようで。

エウフェミア様から『両手をついて、わたくしのもとにレオン様を送りたくなったかしら?』と一言書いてあったそうで。

ここに書かれた「レオン様」とは、当然熊《くま》さまのこと。

それを見て、レオン様は珍《めずら》しく声を上げて笑った。

エルドリア神聖国は聖石の産出国。

宗教上の理由から元々閉鎖《へいさ》的な国ではあったけれど、『聖石戦争』が起こったことで完全に国を閉じたという。戦争に巻き込まれることはなかったけれど、巻き込まれることを恐《おそ》れた。

時は流れ、他国との貿易も議題に上ってくるようになった。その時に白羽の矢が立ったのが、我がスラン王国。

国を跨《また》いでいるのになぜ？　と思うけれど、テルニアの開発も検討材料の一つだったようだ。神聖国は聖導具づくりが盛んな国なので、やはり相手国にもそれを望んだのは理解できる。飛び地のため、我が国がエルドリア神聖国に直接攻め込むこともないだろうと思われたらしい。

――なんだか理由が弱い気がするが。

「誰かから推薦《すいせん》を受けたそうだ。国交を結ぶに足る国かどうかを視察していたということだな。当然だが」

夜の宰相《さいしょう》室で、レオン様は椅子《いす》に深く座り直しながら言った。

先方のお眼鏡《めがね》にかない、国交は結ばれた。

――推薦したのは誰なのだろうか。

国交のなかった我が国のことなど、誰も知るはずがないはずなのに。

……ずっと、気になっていることがある。

でも何一つ、その証拠《しょうこ》がなかった。

とある日の夕方。

会議の後に、クロード殿下《でんか》が見て欲しいものがあるんだが、とレオン様を執務室に呼んだ。隣《となり》にいた私にも「ミュラー補佐《ほさ》官もいいよ。おいで」と言われたときに、アイリーン課長がちょうど通りかかった。

「なになに？　何の話？　私も行っていい？　今日チョコレート置いてる？」

最近クロード殿下の部屋に常備されているチョコレート目当ての課長が、割り込んできた。

他国から引き抜《ぬ》いてきたという王宮のパティシエ作のチョコレートは、今のところ王族にしか出されていない。

「まぁいいけど」

クスクスと笑うクロード殿下の部屋に、久々に四人が揃《そろ》った。

「贈られてきた聖石の中を検品していると、箱の底に一枚の意味不明な紙が入ってたんだって。誰宛てなのか分からないし、意味も分からないし、間違《まちが》って入ったのかなとは思ってるんだけど、ちょっと気になってるから見て欲しくて」

クロード殿下が、一枚の紙を広げた。

手紙ではない。封筒《ふうとう》に入っていたわけではないという。

旧タリア語で書かれたその文字は走り書きのようでありながら、美麗《びれい》。

「なにこれ。どういう意味？」

「誰かが書いたものが間違って入っただけじゃないのか？」

アイリーン課長が首をひねり、レオン様はつっけんどんに言った。

衝撃《しょうげき》を受けているのは……私だけだった。


――ああ。やっぱりそういうことだったのか。


私は美しい文字を見ながら、ようやく確証に近いものが持てた。

しっかりと顔を上げ、皆《みな》を見据《みす》えた。

「――エルドリア神聖国が今回我が国を選んでくれたことについて……仮説でしかありませんが、お話ししたいのですが」

きょとん、とした顔をした三人はそれぞれ顔を見合わせた後、こくりと頷《うなず》いた。

「エルドリア神聖国に嫁《とつ》いだジュリエッタ様はどうなったのか。これについては知りようもないのですが、そのまま神聖国にいたと仮定します。では――ジュリエッタ様は、フォンタナ元宰相の企《たくら》みを知らなかったのでしょうか？」

フォンタナ元宰相が、新聞や劇、書物、禁忌《きんき》の精神誘導《ゆうどう》の聖導具まで使用して国民を恋《れん》愛《あい》至上主義に誘導した、一連の企み。

「それは、フォンタナ元宰相の企みごとの前に、ジュリエッタ様は国外に出ているから知りようもないんじゃないか？」

クロード殿下が答える。

「たしかに計画段階のことは知らなかったでしょう。けれど、こういうことをおこなっている、とフォンタナ元宰相がジュリエッタ様に手紙を出さなかったとは限りません。クロード殿下の手紙も、神聖国に届いていたわけですし」

国を揺《ゆ》るがすことになった、あの一件をジュリエッタ様が知っていたのだとしたら。

事情を知り、この国が落ちていく様は見ものだったのだろうか。

滅《ほろ》んでしまうのを見たかったのだろうか。

そう思っていたのだけど――。

私は紙に目を落とし、切なくなった。

レオン様が眉間《みけん》に皺《しわ》を寄せる。

「この国が破滅《はめつ》する姿を見届けろ、ということか。そういうことならつまり、破滅する直前に手を打ったことが許せずに、ハニートラップでも仕掛《しか》けて、『ほら、やはり信用ならない国ではないか』とでも言いたかったのだろう」

とげとげしい声色《こわいろ》で、ふっと失笑《しっしょう》したレオン様に私は首を振《ふ》った。

公衆の面前で酷《ひど》い言葉をかけられ、悪女と言われ、国を追われた彼女の絶望を真に理解できることなどないだろう。

けれど、もしエルドリア神聖国内で彼女が幸せに暮らしていたとしたら？

これは秘密だと言われたから言えないけど……ゼノンさんの言葉を信じるなら、ジュリエッタ様がエルドリア神聖国内に入国できた理由は『よっぽど懇意《こんい》にしていたか、切実な事情があるか、神託《しんたく》があるか』のどれかだ。

フォンタナ元宰相がそこまで懇意にしていたとは思えない。交流が出来ない国なのだから、その線は薄《うす》い気がする。ジュリエッタ様に切実な事情はあるけれど、それを神聖国に伝えることが出来ただろうか。

――消去法でこの交流が『神託』によるものならば。

辛《つら》い結果や悲しい結末を迎《むか》えるのだとは思いたくない。

「まぁ、確かにパトリックの言うように、そう考えた方がスムーズだね。ということは、ジュリエッタ様は神聖国の権力のある人に嫁いだということか。じゃなければ、皆を従わせることなど出来ないだろうし」

そう言ったクロード殿下は顎《あご》に手を当て、しばらく考え込んだあと呟《つぶや》いた。

「我々《われわれ》が法改正したことで——また彼女を苦しめる結果になってしまったのかな」

「……後悔《こうかい》しているのか？」

「いや、後悔なんて微塵《みじん》もしていない。ただ……何かを変えるときは傷つく人もいるなと思っただけだ。まだ終わってないんだな。——いや、終わりなんてないのか」

レオン様の言葉に、どこか寂《さび》しそうな顔をして、ため息をついたクロード殿下。

傷つけられた人の心が、完全に元通りになることなんてきっとないのだろう。

深い傷が癒《い》えても、傷痕《きずあと》が残ってしまうように。

でも——そうではないのだ。

前に進もうとしている人がいる。

私は首を振った。

「違《ちが》うんです。これ……もう一度見てください」

紙を渡《わた》す。

自由の風が吹《ふ》き渡り　鎖《くさり》が解かれる時
夢見た大地にて　花が咲《さ》き誇《ほこ》る
追憶《ついおく》の夜明けに　真実の光が差し込み　新たな希望が芽吹《めぶ》く
花咲く未来を　ともに

「ジュリエッタ様からだと思って読んでください。最初の二行は……きっとゼノンさんが自由に楽しく過ごせたことによる感謝だと思うんです。そして――『追憶の夜明けに真実の光が差し込み』とは……フォンタナ元宰相がおこなった一連の事件が解明され、法改正されたことを意味するのではないでしょうか」

三人が食い入るように紙を見る。

「……確かに、そう読めなくもないな」

クロード殿下が呟く。

「エウフェミア様が口を滑《すべ》らせた中に、『王弟妃《おうていひ》』という言葉がありました。エウフェミア様はその方から指示を得ているように思えました。それならば……『王弟妃』こそ、ジュリエッタ様なのではないでしょうか。今回、国交を結ぶ検討地としてスラン王国を推薦《すいせん》してくれたのも、彼女なのでは、と」

「……それ見たことか、って言いたかったから？」

アイリーン課長が悲しそうに、ぽそりと言った。

私は首を振る。

「ここからは完全に仮説なので……おとぎ話のようなものとして聞いていただけますか」

ヘラッと笑った私。

レオン様が苦笑して、どうぞ続きを、と手で促《うなが》した。

「――国中から悪女とののしられた彼女は、国外へ逃《に》げるように嫁ぎます。そこは閉鎖《へいさ》的な国だったので、誰《だれ》も自分のことなど知らず幸せに暮らしていました。ある日、手紙が届きます。父親からでした。その手紙には、自分の娘《むすめ》を陥《おとしい》れ、辱《はずかし》めた国に対する復讐《ふくしゅう》計画が書かれていました。正義感の強い彼女は、自分の父がそんなことをするのを止めようとしました。けれど……手紙を受け取ることは出来ても、手紙を出すことが出来ない国だったのです」

三人とも、静かに私を見ていた。

外は陽《ひ》が沈《しず》み、徐々《じょじょ》に夜の帳《とばり》を下ろそうとしていた。

私はコホン、と咳払《せきばら》いをしてから話を続ける。

「その国が徐々に壊《こわ》れていく話を令嬢《れいじょう》は耳にしていました。けれど自分にはどうすることも出来ません。ただ、遠くからその様子を聞くだけでした。何十年も。恨《うら》みはあれど、自分の父がそんなことをしたことに自責の念に駆《か》られないはずがないのです。そんなある日、その国が変わったのだという話が耳に入りました。本当だろうか、と疑います。世界情勢は刻一刻と変化を続け、閉鎖的な国にも開国を、という小さな波が届くようになりました。高い地位にいる彼女は、とある国を推薦しました。信用に足る国になっているのかを調べるために。もし本当に信用に足る国になっているのなら――父の出来事の贖罪《しょくざい》をするために」

レオン様は黙《だま》って聞いていた。

私の目を見ながら、じっと。

「最後の『新たな希望が芽吹く　花咲く未来を　ともに』。これはそのままの意味だと思うんです。過去は消えることなんてありません。でも……時が癒やし、新たな世代を応援《おうえん》したいのだと……そう思ってしまいました。――この紙の隅《すみ》っこ。ただインクが付いただけに見えますが、我が国の文字で、『J』とも読めるかと」

旧タリア語の走り書きの中に、まるでただペンが滑ったかのような文字。我が国の言語で『J』を崩《くず》したような、文字。

ジュリエッタの『J』だと思うのだ。

こんなの……誰にも気づかれず捨てられていた可能性だってあったのに。

アイリーン課長が大きくため息をつき、「……クソだわ！」と吐《は》き捨てた。

あまりにとんちんかんなことを言ってしまったのかと投げられた言葉にほんの少しショ

ックを受けていたら、課長が私を見て慌《あわ》てて言った。

「シャルに言ったんじゃないのよ!?　ジュリエッタ様を追い出した当時の人たちに言ってるの！　どう考えてもすっごい人じゃない？　なんでそんな人を誰も庇《かば》わなかったわけ？　当時の人たち、揃《そろ》いも揃ってほんとバカすぎない？　……ああ、だから彼女たちも従ったのね」

彼女たちとは、きっとエウフェミア様やそのほかの女性たちのことだろう。

「それで、信用に足る国だと判断されたから、聖石が送られてきたわけか」

自分を見捨てた国だ。皆《みな》で追い出したのだ。

不信感があって当然のこと。この国は変わっていけるのだと、彼女自身も確証が欲しかったのではないだろうか。

すべてのハニートラップを回避《かいひ》できるほどの、確証を。

「……おとぎ話のような仮説です。けれど――関与《かんよ》していないとは到底《とうてい》思えません」

レオン様が静かに「そうだな」と言った。

クロード殿下《でんか》が、紙を手に持ち、じっと見つめた。

「……応援、してくれてるのだろうか」

「そうだと、私は確信しています」

「……そっか」

クロード殿下が紙を見つめながら、ゆっくりと口元を綻《ほころ》ばせた。

クロード殿下自身には何の罪もないとはいえ、自分の親がしたことなのだから、まじめな彼がジュリエッタ様のことを気にしないわけがないだろう。

安堵《あんど》したような、許されたような、そんな感じの顔をしていた。

これが真実であったとしても、ただの妄想《もうそう》だとしても、実際のところ、何も変わらない。

実務レベルで動くことに、何の影響《えいきょう》もない話だ。

ただ、聞いてほしかった。

そこに詰《つ》まっているかもしれない思いが、何も知られないまま通り過ぎるのは悲しいから。

ひとつ、話していないおとぎ話の結末がある。

——元より、ここまでがフォンタナ元宰相《さいしょう》の計画なのではないかと。

手紙には、スラン王国の復興のシナリオも書かれていたのではないかと。

もしこの国が過《あやま》ちを認め、立ち直ろうとすることがあれば、手助けをするように伝えていたのではないだろうか。

壊して、作り直して、新たな良い国を——。

……すべてただの想像で、何の意味もなさない——おとぎ話だ。

『花咲く未来を　ともに』


過去も一緒《いっしょ》に背負って。

ともに、歩めたら。


それから月日が経《た》ち。

国王陛下のさらなる体調悪化により、クロード殿下への譲位《じょうい》がおこなわれることとなった。

各国から王族や上位貴族、首脳陣《じん》が次々と我が国に入国してくる。

当然のことながら、我々《われわれ》文官は息つく暇《ひま》もないほど慌ただしい日々を送っている。

レオン様の周りには日々ブリザードが吹《ふ》き荒《あ》れているし、アイリーン課長の怒声《どせい》は響《ひび》いている。ステファン室長はまたしても以前のように、目の下の隈《くま》がとんでもないことになっていた。

エルドリア神聖国からも、なんと王族が来るという。

アルノー殿下が言っていた『よっぽどのことがない限り』という話のうち、関係国の戴《たい》冠式《かんしき》は『よっぽどのこと』に入るらしい。

ゼノンさんがもしかしたら来るのか、と思ったけれど名前が違《ちが》った。

それに、もし来たとしても――彼は神として崇《あが》められる王族としてくるのだ。

気軽に話しかけることなど……もう二度と出来ないのだろう。

そのことに、一抹《いちまつ》の寂《さび》しさを覚えた。


――エルドリア神聖国からの一行が到着《とうちゃく》した。

ひと際《きわ》きらびやかな格好をした男性は――ゼノンさん。

皆二度見したけれど、彼は一切《いっさい》反応しなかった。

エルドリア神聖国は王族の数が非常に少ないという。

神聖国の王は聖王と呼ばれる。彼は聖王の嫡男《ちゃくなん》であり、名をゼノフィロスと言った。

次期聖王であることが確定している、尊い人なのだそうだ。

彼はまるで神の化身であるかのように、口元にのみ笑《え》みを浮《う》かべている。

あのとき知り合った私たちのことなど、一度も見ることがなかった。

「……ゼノンさんって、愛称《あいしょう》だったんですね」

「──そうね。彼の唯一《ゆいいつ》の時間は──終わってしまったのね」

アイリーン課長と二人で、なんだかしんみりとしてしまった。

あの屈託《くったく》のない笑顔を見ることはもうないのだろう。

「ゼノンさん、カードゲームがとっても楽しそうだったんです。ジャックさんや……課長やステファン室長も誘《さそ》って、宰相室でみんなでやりたいなって思ってたんです」

「それは……宰相閣下呼ばないと怒《おこ》られるわよ」

「そうですね。宰相閣下も一緒に」

まだ、彼がこっちにいるうちにすれば良かった。

シュンとうなだれた私に、アイリーン課長がポンと肩《かた》を叩《たた》いた。


──厳粛《げんしゅく》な中でおこなわれた戴冠式は無事に終了《しゅうりょう》。

すべて滞《とどこお》りなく終えたことに、補佐《ほさ》室でアイリーン課長の号令の下、全員叫《さけ》んだ。

「私たち！　やり遂《と》げたわ～～っっ！　皆よくやった！　乾杯《かんぱい》っ!!」

そして、無礼講とばかりに騒《さわ》いだ。

今日ばかりは、と、一杯《いっぱい》だけなら飲酒が可能な補佐室は大盛り上がりだった。

それから数時間後——。

簡易お疲《つか》れ様会を終え、私が一人で宰相室の片づけをしていると、何かが窓を横切った気がした。

……なに？　鳥？

すでに真夜中になる前ともいうべき時間。

窓の外をじっと見ていると、鳥と思っていたそれは、近づくにつれ巨大《きょだい》なことが分かる。

普段《ふだん》開けることのないバルコニーに降り立つ、黒く巨大な塊《かたまり》。

月の光が銀色の糸を織りなし、バルコニーを照らす。

黒い塊が姿を消し、キラキラと光を帯びた青く美しい羽を持つ、大きな鳥の姿が目に入った。

その背には——青い髪《かみ》の男性。

「……ゼノンさん」

以前見たのよりも、さらに大きいアプセニスの背に乗ったゼノンさんは、ひらりと降りた。

——アプセニスって、背中に乗れるんだ。

まずそこに驚《おどろ》いているが、いや、驚いている場合ではなかったと我に返り、慌《あわ》てふためきながらバルコニーの扉《とびら》を開けた。

ここの扉、風で書類が舞《ま》うためほとんど開けたことがない。そのため、開け方が分からず、ああでもないこうでもないと手間取った。

ようやく扉を開くと——青いフィラロスで頭を飾《かざ》っている彼は、へへへッと照れたように、それでいて気まずそうに笑った。

「……カードゲーム、まだ持ってる？」

「——もちろん持ってますよ」

「お邪魔《じゃま》しても……いいですか？」

「いいですよ。もちろん」

彼はゼノフィロス様ではなく、ゼノンさんとしてここにいるのだ。顔つきが違う。

「あまりに長々といらっしゃらないので、私かなり練習しましたから。もう負けませんよ」

ふふんと不敵に微笑《ほほえ》む私に、ゼノンさんは顔を歪《ゆが》めてくしゃりと笑った。

「……うん。僕だって負けない」

「皆《みな》呼びますか？」

「……いいの？」

「当然です。待ってましたから。ジャックさん、まだいますかね……。補佐室にいるアイリーン課長とステファン室長も呼びましょう」

私はジャックさんに連絡《れんらく》を入れた。彼はちょうど帰るところだったらしいが、ゼノンさんのことを伝えると、「すぐ行きます！」と言ってくれた。

クロード陛下の部屋にテルニアで連絡を入れた。そこにはレオン様もいる。

補佐室のアイリーン課長とステファン室長にも声をかけた。

待っている間、ゼノンさんがぽそりと言った。

「――ミュラーさん、ごめんね。あの日、絡《から》まれた瞬間《しゅんかん》……僕、見えてたんだ。ミュラーさんと小さな室内に閉じ込められるところ」

あの日とは、私たちが監禁《かんきん》されたときのことだろう。

結局、神託《しんたく》は彼が授《さず》けるのだから、未来予知のようなものが出来るのは彼自身だったということだ。

ではなぜ、監禁されると分かっていつつ、付いていく必要があったのだろうか。

「……なにを見たのですか？」

首を傾《かし》げていると、ゼノンさんは「……ミュラーさんとカードゲームしてるとこ」と言った。

「――その相手は、一生の友人になるかもしれない、って」

恥《は》ずかしそうに目を伏《ふ》せた後――彼はふわりと顔を綻《ほころ》ばせた。

私は目を丸くしたあと、そんな理由か、と笑った。

「それで剣《けん》をさっさと渡《わた》しちゃったんですね？　大変失礼で申し訳ございませんが、なんて頼《たよ》りがいのない聖騎士《きし》様なんだろうと思ってしまいましたよ」

唇《くちびる》を尖《とが》らせた私に、「あ、やっぱり？」と苦笑いで返してくる。

「助かるところもちゃんと見えてたんだ。でもミュラーさんが怪我《けが》するとは気づかなくて」

申し訳なさそうにゼノンさんは目を伏せた。

ゼノンさんが余裕《よゆう》だったのはそういうことかと腑《ふ》に落ちた私は、仕方がないなぁと笑う。

「なるほど。一生の友人ですか」

「……まだこれでも……『仲の良い親密』じゃない？」

それは以前私が言った言葉のことだろう。

あの時私は『仲良くなりたい』と言ったゼノンさんの言葉に、仲良くとは『親しい友人同士や恋人《こいびと》同士の親密さのために使うものかと思っておりました』と返した。

不安げにこちらをうかがう彼に、私はクスッと笑いを漏《も》らす。

「いいえ。すでに友として親密だと言えます。じゃあ……皆が来る前に、先に一勝負やりましょうか」

引き出しに入っている袋《ふくろ》から、カードを取り出した。

これは、ゼノンさんのために用意したもの。

嬉《うれ》しそうに、涙《なみだ》さえ滲《にじ》ませて笑ったゼノンさんが「うん！」と答えた。

一番に来たのは、ジャックさん。息を切らして走ってやってきたようだ。

「あぁ～っ！　ゼノンさーんっ！」

「ジャックさんっ！」

二人は生き別れた兄弟に会ったかのように、満面の笑みでガシッと抱《だ》き合った。

ジャックさんは、戴冠式《たいかんしき》には出席していない。彼はゼノンさんが王族だと知らないので、全然対応が変わらない。そのことがゼノンさんは心底嬉しいようだった。

きっとジャックさんも、その『一生の友人』枠《わく》なのだろう。

三人で遊んでいると、すぐにレオン様・アイリーン課長・ステファン室長がやってきた。

レオン様は勝負をする私たちを見て、盛大にため息をついたあと、ふっと目を細めた。

その口元は緩《ゆる》んでいる。

ステファン室長とアイリーン課長は「さぁやりましょうか」「手加減なんてしないわよ」と不敵な笑みを浮《う》かべた。使節団対応チームのメンバーで、戴冠式に出席した人は、ゼノンさんが王族だということに当然気づいている。ステファン室長ももちろん。

けれど、そんなことは微塵《みじん》も感じさせないように、いつも通りの皆であることが嬉しい。

そして私が思う以上に、ゼノンさんは嬉しいのだろう。

一時間ほど遊んだところで、宰相《さいしょう》室の扉がノックされた。

ゼノンさんが、自分を捜《さが》しに来たお付きの人かと思い、ソファの後ろに隠《かく》れたけれど……やってきたのは聖導具を抱《かか》えたアルノー殿下だった。

蜂《はち》に刺《さ》されたことにより腫《は》れた目はすっかり治り、すでに眼帯は外されている。

「パトリック宰相！　さっきもらった試作品の聖導具、使い方が分からぬ！　どこを押すんだ？　――おや？　みんな揃《そろ》って何をして……楽しそうなことしてるな⁉」

アルノー殿下、ゼノンさんのことを報告しなかったことで、一か月ほどクロード陛下に謹慎《きんしん》を食《く》らっていた。

愛《いと》しの恋人からは、また振《ふ》られたらしい。が、すでにすっかり本調子。

「殿下――さっき説明したではないですか。ここここを同時に押すんです」

「……こうか？」

大きな音で、軽快な音楽が流れ始めた。

どうやら音楽を奏《かな》でる聖導具を開発中らしく、その試作機だそうだ。

「音が良いわけではないが、練習する分には何の支障もないな！」

そう言いながら、いきなり宰相室で踊《おど》り出してしまった。

「こんなところで踊らないでください」

レオン様が心底呆《あき》れたように頭を抱えた。

ゼノンさんが、ソファの後ろからチラリと覗《のぞ》き見ている。

目をキラキラさせている気がするのだけど。なぜ。

レオン様の制止など一切《いっさい》無視して、アルノー殿下はシュピン、シュピンと決めポーズをしながら、ステップを踏《ふ》む。くるくる回る。

……ゼ、ゼノンさんがっ！　ふらふらと魅了《みりょう》されたように、出てきてしまった！

アルノー殿下はそれに気づき、一瞬《いっしゅん》ギョッとしたが——変わらず……いや、パワーアップして踊りはじめ、そしてゼノンさんに狙《ねら》いを定め、すべての決めポーズを彼に向けた。

そのたびにゼノンさんは「おぉ～っ!?」とか「かっこいいっ!!」とか非常に興奮している。

……かっこいいか？

そのうちゼノンさんが手拍子《てびょうし》を始めたので、皆も仕方なく手拍子を始めた。

そして最後に……アルノー殿下は決めポーズと共に、あのウインクをした。

ぱちんっ！　と。両目をギュッとつぶる。

ゼノンさんがパチクリと目を見開き、五秒ほどして大爆笑《だいばくしょう》し始めた。

お腹《なか》を抱えてケタケタと笑う彼は、涙さえ浮かべている。

「まぁ……初見は仕方ないわよね」

アイリーン課長の言葉に、皆《みな》無言で頷《うなず》く。

応接テーブルの上に散乱したカードゲーム。

決めポーズのままのアルノー殿下。

笑い転げるゼノンさん。

頭が痛いと、肩《かた》を落とすレオン様は、そのうち諦《あきら》めたように苦笑《くしょう》した。

――なんだろ。ここ、宰相室なんだけど。

でも、ゼノンさんが楽しそうに笑ってるから。

窓の外では、風がそよそよと吹《ふ》き抜《ぬ》け、木々が微《かす》かに揺《ゆ》れている。

外は静けさを増し、月明かりが部屋の隅々《すみずみ》を照らす中――宰相室にはあたたかな笑《え》みが溢《あふ》れていた。

第七章　カーミス王国での長期休暇

「レオン様！　海が！　エメラルドブルーですっ」

「そうだな。……クリスティーヌ、はしゃぎすぎて落ちるなよ」

我が国の新型高速船は、南国の美しい島に到着《とうちゃく》しようとしている。

透《す》き通った青い海と白い砂浜《すなはま》が広がる景色が、目の前に現れる。まるで絵葉書の中に飛び込んだかのような幻想《げんそう》的な風景。

デッキから見下ろすと、真っ白な砂浜には南国特有の背が高く細い木が並んでいた。青空には雲一つなく、太陽が燦々《さんさん》と輝《かがや》いている。


――我がスラン王国から南に下ったところに、カーミス王国という国がある。

今回私とレオン様がこの国に来たのは、クロード陛下の一声からだった。

「エルドリア神聖国から贈《おく》られた聖導具を設置したことで、新型高速船ナーヴェがようやく完成した。それで――パトリック。きみには試乗も兼《か》ねてナーヴェでカーミス王国に行ってきてもらいたい」

まった。

「……は？」

珍《めずら》しく宰相室にやってきたクロード陛下は、レオン様に言い放った。

レオン様、寝耳《ねみみ》に水だったようで呆然《ぼうぜん》としている。ちなみに私もポカンと口を開けてしまった。

新型高速船ナーヴェはエルドリア神聖国から聖導具の譲渡《じょうと》と技術提供を受け、より安全に快適に、そして従来よりもはるかに速いスピードで航行が出来るような設計らしい。

ようやく完成したとは聞いていたが、それの初航行にレオン様が……？

超絶忙《ちょうぜついそが》しいレオン様が？

「なぜ……私が？」

「この前、長期休暇を取り入れる制度を可決したじゃないか」

「だから、なぜ私が」

王宮で働く人々に年に一度、長期休暇を取らせる制度が一か月前に出来たばかり。多分まだ誰《だれ》も長期休暇を取得していない。

とはいえ、元々長期休暇を取る人もいたのだ。実家が遠いために帰省に時間がかかるとか、病欠とか。

けれど今回のこの制度は、全員必ず一年に一度長期休暇を取得することを明記している。

そのきっかけはエウフェミア様だった。

エルドリア神聖国の使節団が帰った後、贈り物や技術提供で人が来るたびに、エウフェミア様も一緒《いっしょ》に我が国に来ていた。

……もちろん熊《くま》さまこと、レオン・バスティーユ様に会いたいがために、だと思われる。

『……え!? 長期休暇制度がないのですか? では週に一度の休みのみなのですか?』

『そうですが』

レオン様が、全く目が笑ってないまま口角のみ上げている。

『まぁ……まぁまぁまぁっ! なんと遅《おく》れた……いえ、馬車馬……家畜《かちく》のよう……えっと。

——毎日休まず頑張《がんば》っておいでなのですね。さすがですわ』

にっこりと笑ったエウフェミア様。笑顔を張り付けているレオン様のこめかみには、ピキッと青筋が立っていた。

『それにしても聖女様は随分《ずいぶん》お時間に余裕《よゆう》がおありなのですね。うらやましい限りだ(お前みたいに暇《ひま》じゃないんだよ、こっちは)』

『わたくし、メリハリが得意なんですの。なんでも長く働けばよいというものではございませんしね。上に立つ者こそ効率の良い働き方を実践《じっせん》し、部下を休ませねばなりませんものね(ちんたら働いてるだけでしょ。早くレオン様を休ませなさい。デートできないじゃない!)』

……この二人のやりとり、いつも副音声が聞こえる気がするし、二人の視線に火花すら見える。

それを見ていたクロード陛下はいつものように穏《おだ》やかな笑顔のまま、どっと疲《つか》れたように肩を落とした。

エルドリア神聖国と国交が樹立し、民間レベルでも入国前・入国時の徹底《てってい》した調査をおこなうことで、行き来が出来るように……現在準備中。

ゼノンさんは……戴冠式《たいかんしき》の時以来、もちろんこちらには来られない。簡単に外に出られる人ではないのだ。

けれど、私がそのうち神聖国に行くことだってあるかもしれない。「カードゲームしないとですもんね。きっと行けますよね」と笑うと、レオン様が優《やさ》しい目でポンポンと頭を撫《な》で「そうだな」と言った。

レオン様の中でゼノンさんは、いろんなことの対象外にされたらしい。

『お互《たが》い全くその気がない上に、そうなりようがない二人だからな……さすがに子どもに目くじら立てるのも大人げないし』と呟《つぶや》いていた。

と、まぁこのようなきっかけがあり、クロード陛下の『確かに働きすぎだな』との一声から生まれたこの制度。

一年に一度必ず取らなければならない、というのはきっと、全く休まないレオン様への当てつけだろうと誰もが思っている。

そもそもレオン様には休みというものがほとんど存在していないから。自主的に。

「エウフェミア様も言っていただろ？　休みを取るにはまず上からだと」

「他《ほか》に色々いるでしょう」

「いいや。お前ほど休みを取らない人間など、この王宮に一人たりともいな……」

陛下はそのまま顎《あご》に手を当てて固まり、ふっと顔を上げた。

「──ステファン室長は休んでたっけ？」

「………………」

「お前たち二人は一体どうなってるんだ。よし。彼も同時に休ませる。これは命令だ」

やれやれ、とため息をついたあと、レオン様を指さした。

「──ステファンと一緒に船旅をしろ、と？」

「そんなわけないだろ。きみは奥方と一緒に試乗を兼ねた新婚《しんこん》旅行……もうとっくに新婚じゃないけど、まあそんなやつだ。僕たちからのプレゼントだよ」

「は？」

「エリザベートが怒《おこ》ってたよ。公爵《こうしやく》夫人をどこにも連れて行ってないんじゃないかって。夫としてそんなのあり得ないって」

レオン様の眉《まゆ》がピクリと動いた。多分、王妃《おうひ》であるエリザベート様の「夫としてそんなのあり得ない」ってところに反応してると思う。

いや、そんなことはないと思いますよ……と、妻は心の中で言わせていただきますが。

……で、でも、私はここにいて、レオン様の休暇中は仕事なのですが。

バスティーユ公爵夫人のクリスティーヌ、レオン様に同行できないのですが!?

「あ、ミュラー補佐《ほさ》官もパトリックがいない間は休んでね。パトリックがいない状態の補佐官は無理難題言われまくるから、一緒に休んだ方が効率が良いし、ね」

クロード陛下がニコッと笑った。

……ああ、やっぱり完全に私の正体はバレている。

そしてご配慮《はいりょ》いただいている。申し訳ない。

「は、はい……」

「――陛下のご命令とあらば仕方ありませんね。承知しました」

レオン様はうやうやしく陛下に頭を下げた。

即位《そくい》されたクロード陛下は、今のところ大変順調。

元々その実力から手堅《てがた》い人気の高かった彼だが、親交がなかったエルドリア神聖国と国交を結んだことで、貴族からも平民からも大変評価されていると言っても過言ではない。

そうした経緯《けいい》で私たちは今――カーミス王国に到着《とうちゃく》しようとしている。

「旦那《だんな》様、奥様。もうすぐ到着しますので、そろそろご準備を」

「ターニャ。すぐ行くわ」

新型高速船ナーヴェ。

大変快適な旅だった。今までよりもはるかに速いスピードなのに、揺《ゆ》れは今までの三分の一まで軽減。それにより、船内の食堂で食事をしても、なんの問題もなく楽しめた。

船室は貴族が使うゾーンと、平民が使うゾーンが分けられている。その中でもさらに金額に応じて、部屋のランクがあった。

今回は試乗ということで、すべてのランクの部屋を案内してもらった。ランクが低い部屋も狭《せま》いながらに、シンプルだけれど洗練された印象すら受ける。

貴族も平民も乗ることができ、さらに双方《そうほう》が会わない工夫《くふう》もされている。この船、人気が出ること間違《まちが》いなしだろう。


迎《むか》えの馬車に乗り込み、滞在《たいざい》先のホテルに向かう。

車窓から見える大通りは大変活気があり、続々と出店《でみせ》の準備がされていた。

「明日からお祭りがしばらく続くのでしたよね？」

「ああ。サンシャイン・カーニバルというらしい。かなりの人混《ひとご》みになるらしいぞ」

「では……ホテルから、でしょうか？」

色んな人が入り乱れ、混《こ》み合う中を歩くという経験はない。安全第一の貴族である。そして私は――お忍《しの》びで外出ということもしたことがない、『真面目《まじめ》ちゃん』。

学生時代に親友のカレナに言われたのだ。

『え!?　一度もお忍びで出かけたことないの!?』

『だって……危ないじゃない。護衛も責任を問われるわよ？』

『クリスティーヌったら……そんなこと言ってるの、きっと学院であなただけだと思うわ。皆《みな》、大なり小なり、こっそり一人で出かけたりするものよ。ほんとに真面目ちゃんなんだから』

そう笑われたけど、今思えば最終学年のときには【ナイト・ルミエール】に出かけたわけだし？　こっそり一人で出かけたといえばそうと言えるかもしれない。……使用人に直前までついてきてもらったけど。

この前の視察では、一人で買い物に行こうとはした。――誘拐《ゆうかい》されたけど。でもあれは仕事で出かけていただけで、お忍びとは言えない気もする。

「いや。せっかくだし、カーニバルを堪能《たんのう》するためにも歩こう」

「お、お忍びで二人で？」

「……いや、護衛ももちろん連れて行くが」

なんだ。初めてのお忍びデートかと思って、ちょっとドキドキしてしまった。

そりゃそうよね。公爵夫妻だものね。

ごまかすように笑《え》みを浮かべたら、レオン様が私の肩《かた》に手を回した。

「なんだ？　お忍びデートがしたかったのか？　言ってくれれば、そんなのいくらでもするのに」

ニコニコと笑うレオン様が、なんとなく胡散臭《うさんくさ》い。

「――いえ。わが国随一《ずいいち》の頭脳、宰相《さいしょう》閣下に何かあっては困りますので、護衛は常に近くにいてもらいましょう」

レオン様に何かあっては困る。国の一大事だ。それとお忍びデートがしたいなんて個人的希望、比べようもない。キリッと表情を硬《かた》くして告げた。

すると彼はムスッとして、私の頰《ほお》をムニッと軽くつねる。

「ミュラー補佐官は国に置いてきたつもりなんだが。今は……クリスティーヌだろ」

……どうやら、宰相閣下呼びが気に障《さわ》ったらしい。

肩を抱《だ》かれながら、頭に、こめかみに口づけが落とされる。くすぐったくて、それでいて嬉《うれ》しくて。

「……んっ。レオン様――」

「二人っきりのデート、したくないのか？」

そういえば、宰相室と屋敷《やしき》の自室と馬車の中以外で二人っきりになったことが多分ない。

当然のことながら、近くに護衛や他の客がいる。外出しても私はバスティーユ公爵夫人であり、それ相応の振《ふ》る舞《ま》いが求められる。

それが当然だと思っていたけれど——二人っきりでデートって、どんななのだろう。

周りを一切《いっさい》気にせずに、ということだろうか。

もしかして……この国ならだれも私たちのことを知らないのだし、デートとか出来るのだろうか。

人目を気にせず、通りでレオン様にくっついたり、手を繋《つな》いだり……？

想像しただけで頬が染まるのが分かった。

「顔が赤いぞ」

「え⁉」

「何を想像したんだ？」

「なっ、なにも……っ⁉」

「ふーん？」

唇《くちびる》の端《はし》がゆっくりとつり上がっていくレオン様。恥《は》ずかしくなった私はプイッと顔をそむけた。

「……意地悪ですね」

「まぁそれは否定しないが。きみがかわいいからいけない」

目を細めたレオン様に、そむけた顔を無理矢理《むりやり》元《もと》に戻され——唇が重なった。

「お忍びデート、しようか」

「……はい」

優《やさ》しく目を細めたレオン様に、とろけた顔のまま返事をした。


今回私たちが泊《と》まるホテルは、リゾートであるカーミス王国で最高峰《さいこうほう》と言われる『ホテル・シャムス』。貴賓室《きひん》があり、そこを手配されている。

壮大《そうだい》なアーチ型の入り口を抜《ぬ》けると、金箔《きんぱく》の装飾《そうしょく》が施《ほどこ》された豪華《ごうか》なロビーが広がっていた。大理石の床《ゆか》は磨《みが》き上げられ、天井《てんじょう》には見事なシャンデリアが輝《かがや》きを放っている。

貴賓室は当然のことながら広々としており、金と青を基調とした豪華なインテリアが目を引く。

連れてきた使用人や護衛たちには防犯のために、同じフロアの部屋が与《あた》えられていた。

部屋に入っているときは、部屋の前に当然護衛が立つだろうし、いつでも対応できるようにするのだろう。……こんな状態で、一体どうやってお忍びデートをするのかさっぱり不明ではあるけれど、まぁ出来なくてもそれはそれで構わない。

異国にいるというだけで、解放感が非常にある。

「奥様。まずは着替《きが》えましょうか」

「ええ、お願い」

カーミス王国ではほとんどの人が民族衣装《いしょう》を身に着けている。今回、現地の服飾《ふくしょく》店をすでに手配しており、そこから取り寄せた民族衣装を身に着けた。

露出《ろしゅつ》は少ないけれど、ふわふわとした通気性の良い素材で非常に涼《すず》しい。首や手首、頭などを装飾品で飾《かざ》り、女性は頭から薄《うす》く長いベールを後ろに垂らす。

「カーミス王国の衣装は軽いし涼しいわね」

「大変よくお似合いですよ」

民族服に身を包んで快適になったところで、レオン様がやってきた。

私は――自分の目が見開いたまま固定されるのを感じていた。

彼の民族服――頭に幅広《はばびろ》の白い布が巻かれている。白地に金色の縁取《ふちど》りがされた服はいつもより胸元《むなもと》が開き、じゃらっとしたアクセサリーをつけていた。

普段《ふだん》しっかりとシャツのボタンを留め、クラバットをつけているレオン様。どんなに深夜の仕事になろうとも、徹夜《てつや》になろうともそれは変わることがない。

そんなレオン様のあられもない姿？　に、私は一瞬《いっしゅん》で顔がボッと赤くなってしまった。

――待って！　それはもう法律違反《いはん》レベルだと思います！

色気垂れ流し罪はやっぱり作らなきゃいけないと思うんです！

素肌《すはだ》の胸元にアクセサリー……っ！

鍛《きた》え上げられた逞《たくま》しい胸元が一部見えている。

宰相なのに。文官の枠組《わくぐ》みなのに。……なぜそんなに逞しいの。

「クリスティーヌ」

レオン様が私の名を呼ぶ。

「っ、ひゃいっ！」

……変な声が出た。

「……その反応をするのは私の方ではないか？　なぜきみがそんなに真っ赤な顔で緊張《きんちょう》しているんだ」

レオン様が我慢《がまん》できなかったのか、クスクスと声を出して笑った。

だって！　私の旦那《だんな》様がかっこよすぎるのがいけないのですよ！


——明日から始まるお祭りの準備で活気を見せている中心部。

カラフルな装飾が街中に施され、音楽と笑い声が響《ひび》いていた。石畳《いしだたみ》の道は色とりどりの花で飾られ、地元の人々が出店の準備を進めている。

すでにオープンしている店もちらほらと見受けられ、露天《ろてん》には南国特産の果物や工芸品が並び、香《こう》ばしい焼き物の香《かお》りが漂《ただよ》ってきた。

私とレオン様はそれぞれの品をじっくり見つめる。そして値段を確かめる。

「やはり果物……大変安いですね」

「そうだな」

切り分けてカップに入った特産品の果物を一つもらい、二人で食べる。こういう時はその場で立って食べるということくらい、ちゃんと知っているのだ。

──知ってはいるけど、まぁ……本当にこんなことをしていいのか、と周りをこっそりうかがったし、そんな私を見かねたレオン様が、私の口に果物を突《つ》っ込んだのだけど──。

まっ黄色に完熟したそれは、口に入れるだけでとろけた。独特の風味が後からくるが、それもまた良い。

そして、極上《ごくじょう》の甘さ。

「わぁっ！　すっごく甘いですね」

「ああ、なかなかうまい」

「これ……絶対うちの国の人、大好きですよね」

「だろうな」

「今までは鮮度《せんど》の問題で輸送が難しかったですが、ナーヴェがあれば……」

「——いけるな」

レオン様の目がきらりと光る。

「関税がかかったとしても——これくらいか？」

「港に倉庫も確保しないといけませんね。輸送路は——」

「だが果物の場合は病害虫の侵入《しんにゅう》が懸念《けねん》されるな。その辺は取引先ごとに品質の許可を与えるように——」

二人でひそひそと話していると、真後ろから大きな咳払《せきばら》いがした。

「……旦那様。奥様。今は休暇《きゅうか》中でございます」

大人しめの民族服に身を包んだターニャが、にっこりと笑って言った。……だが、目が全然笑っていない。

私たち二人は、そうだった……と苦笑いした後、また通りを進む。

今度は細工物の店の前で足を止めた。

「これは……今きみがつけているようなやつか？」

じゃらじゃらとしたネックレスを頭に巻いたようなヘッドアクセサリーは、我が国では見ることがなく、大変かわいらしい。

「そうですね。随分《ずいぶん》と色々な種類があるのですねぇ」

「これは……我が国のドレスに付けるにはおかしいのだろうか？」

レオン様が顎《あご》に手を当てつつ、じっとアクセサリーを見ていると、店主が目を輝かせた。

「お客様、国外の方ですね？　こちらはアジーリィというアクセサリーで、いくつものパターンで使うことが出来るのです。まずはネックレス。胸元をゴージャスに飾ります。今奥様がご使用のように、額に垂らして使うと、神秘的な印象に。少し我が国の民族的イメージが強いかもしれませんね。ですが……スアラ！　ちょっとおいで」

店主が呼び寄せたのは、十歳くらいのかわいい女の子。長い髪《かみ》の毛を後ろでかわいらしく一本に編み込んでいた。

店主は彼女に後ろを向かせ、耳から耳へ、後頭部の髪に沿うようにピン留めする。

「わぁ……っ！　とってもかわいいですね」

「これは素敵《すてき》です！」

「これ、編み込んでもいけるんじゃないです？」

私の言葉に、ターニャたちも口々に賛成してくれる。

「こうして使うと民族的イメージも薄れ、どこの国でも使いやすい印象になるかと」

これは確かに大変かわいい。

「なるほど。やはり使えそうということだな？」

「旦那様……ぜひっ！」

ターニャはレオン様を見上げ、グッと両手でこぶしを作った。

「奥様から新しい流行が生まれます！　必ず！」

「……え？　私？」

「もちろんでございます！　私たち、腕《うで》によりをかけて！　ええ、奥様から流行の起点を必ず作り上げてみせます」

あまりに鬼気迫《ききせま》る様子に、微笑《ほほえ》みを張り付けながらも思わず身体《からだ》がのけぞった。

……別にそんなのしなくていいんだけど。いや、それで新たな需要《じゆよう》が生まれるのなら、経済としては良い傾向《けいこう》だ。無理矢理《むりやり》自分を納得《なつとく》させようと頷《うなず》いた。

レオン様とターニャが相談しながら、いくつか購入《こうにゆう》。これ、多分サンプルのつもりだろう。ホテルに帰ってから細部まで吟味《ぎんみ》するつもりなのが目に見えている。

私、あまりファッションの勉強はしてこなかったので、もうお任せスタイル。

適材適所だ。

——空は一日の終わりを告げるように、ゆっくりとその色を変えていく。オレンジ色が西の空を染め、その輝《かがや》きが刻一刻と強くなっていく。やがてオレンジ色が深まると、空全体が黄金色《こがねいろ》に包まれた。

見事な夕暮れだった。太陽が完全に沈《しず》むと、空は薄紫色《うすむらさきいろ》、そして次第《しだい》に深い青へと移り変わっていく。

明日の本番に備えての試運転なのか、装飾《そうしよく》がチカチカと光り始めた店もあった。

夕食の予約をしていた店に行くために歩いていく。人々の活気も、この少し汗《あせ》ばむような空気も、すべてが楽しい。

レストランでの夕食を終え、ホテルに戻《もど》った。

すっかり寝《ね》る準備を終えた私たちは、ソファに横に並び、くつろいでいた。

カーミス王国特産のワインは風味豊かで、口当たりはまろやか。最近お酒も飲めるようになってきたのだ。ワイン二杯《はい》くらいなら酔《よ》わなくなってきた。

「お祭りの準備、着々と進んでましたね」

「明日が楽しみだな」

「賑《にぎ》わいがすごそうです」

「きみは……迷子《まいご》になりそうだな」

「そんなことはっ！　……あるかもしれませんが」

なんと言っても、混み合う街中を歩いたことがないのだ。ちょっと……いや、かなり自信がない。

「紐《ひも》でもつけておくか？」

「犬じゃありませんっ」

クスクスと笑うレオン様に、頬《ほお》を膨《ふく》らませ、手元のワインをグイッと飲んだ。

段々と身体がぽかぽか温まってきて、頭もふわふわしてきた。コテンとレオン様の肩《かた》に頭を乗せる。

「――レオン様ぁ。今日楽しかったですね……」

私の肩を引き寄せ頭を撫《な》でるレオン様が、額にキスをした。嬉《うれ》しくて自然と唇《くちびる》が綻ぶ。

「ああ。こういう機会はなかったものな」

「レオン様の民族服、かっこいいです……新鮮《しんせん》。かっこいい……」

「……」

レオン様の胸元《むなもと》の服を摑《つか》み、見上げた途端《とたん》……クラッと目の前がぼやけた。

……あれぇ？　レオン様が二人いる。なんてお得。両手にレオン様。

彼の首にしがみつき、その頰にすりすりとすり寄った。

「クリスティーヌ……きみ、もう酔ってるな？　度数はそうでもないが……今日暑かったから疲《つか》れたのか？　酔いが早く回ったか」

「全然酔ってませんよぉ？　ふふふっ……」

あれ？　さっきまで何の話してたっけ……？

まぁいっか。レオン様の首筋に顔を埋《うず》めると、レオン様の匂《にお》いがするから大好き。

ぐりぐりと顔をこすりつける。

「……こら。――ほら、水飲んで」

レオン様がべりっと私を引きはがし、水を差し出してくる。

全然酔ってないって言ってるのに。

酔ってないんだから、水を飲む必要なんて全然ないのに。

プイッと顔をそむけ、水を拒否《きょひ》した。

「……クリスティーヌ？」

「酔ってないって言ってるじゃないですかぁ～」

「酔ってるやつは大体そう言うんだ」

私はもう一度レオン様の首に腕を巻き付け、離《はな》れてやるもんかとしがみついた。

水をこぼさないように、レオン様はコップを持った手を私から遠ざけている。

ほんとにレオン様、いい匂い。何の匂いなんだろう。使ってるコロンは知ってるけど、ファブリックにつけてもこんな匂いにはならない。

誘《さそ》われるように、レオン様の首筋にがぶりと嚙《か》みついた。

「っっ!?」

弾力《だんりょく》とハリがあって、嚙みごたえがある。その後はあむあむと甘嚙《あまが》みしていると、ごくりと喉《のど》を鳴らす音が。

「……仕方ないな」

しがみついているから分からないけど、レオン様が私から顔をそむけた。

その直後に、私に覆《おお》いかぶさるようにして――上からキスをした。

「ん……っ⁉」

冷たい水が口移しで注ぎこまれる。こくり、こくりとゆっくり飲み込んだ。

冷たい水を飲んだはずなのに、身体はさらに熱い。

「――少しはすっきりしたか？」

「全然足りません……もっと……ください」

レオン様をじっと見上げる。彼の瞳《ひとみ》が、ゆらりと揺《ゆ》れた。

もう一度水を口に含《ふく》んだレオン様は、グラスをテーブルに置く。私の後頭部に手を添《そ》え、口付けた。流し込まれた水をもう一度飲み込むと……キスが深くなる。

絡《から》まり合う舌は水のせいで最初こそ冷たかったものの、あっという間に熱く、お互《たが》いを食べてしまうかのように激しいものへと変わっていった。


――やらかした。

ベッドの中でレオン様の腕に包まれながら、私は頭を抱《かか》えている。

ホテルの窓から差し込む光で目を覚ませば、昨夜のことがまざまざと思いだせる。いっ

そのこと記憶《きおく》をなくしてしまいたかった。そういう体質ならよかった。

だが残念ながら、一度も記憶をなくしたことはない。

……完全に私、酔っぱらってレオン様に絡んだ。

一晩ほど時間を戻したいし、戻せないのならもう穴を掘《ほ》って埋まりたい。

今目の前に見えるレオン様の肩にしっかりと残っている……歯形。

思わず目を逸《そ》らした。

なぜ私は……レオン様を噛んだのか？　まったくもって意味不明。

——あああ〜〜っっ！　消えたいっ！　切実に消えてしまいたいっ！

そんなことを思いながらシーツを頭からかぶり、身もだえていると、私を抱《だ》きしめている身体が小刻みに揺れ始めた。

「……っ、くっ、……ははっ」

「…………」

レオン様、笑いを堪《こら》えられてない。震《ふる》えながら笑ってる。私、今レオン様の胸元しか見えてないけど。

「っ、おはよう。クリスティーヌ……っ」

まだ笑ってる。

「おはよう、ございます……レオン様」

「それで私のかわいい妻は、昨夜のことを思い出して、穴にでも埋まりたくなってるところなのかな？」

レオン様が私の両脇《りょうわき》を抱え、同じ目線になるようシーツから引っ張り出した。よいしょ、とまるで根菜を引っこ抜《ぬ》くように。

濃《こ》い青の目が、愉快《ゆかい》そうに弧《こ》を描《えが》いている。

「……まぁそうなのですけど」

申し訳なさ過ぎて、目を合わせづらい。散々視線を漂《ただよ》わせた後、いたたまれなくなり、ギュッとレオン様に抱《だ》きついたまま「ご、ごめんなさい」と囁《ささや》いた。

「非常にかわいかったが？」

レオン様は弾《はず》むような声だ。

「で、でも……肩……」

「肩？」

あ、そっか。自分からは見えないのか。

「ここ……くっきりと歯形が」

指で指し示すと、彼は自分でその辺をさわさわと触《さわ》る。そして……凹《へこ》みに気づいたようだ。

「ふっ、ははは！　思いっきり嚙んでるなとは思ったが、痕《あと》になったか」

「ごめんなさいぃ～っ！」

本気で泣きそう。

でもレオン様はすっごく楽しそうにしていて、私に何度もキスをした。

街に出た私たちが見たものは、すっかりお祭りモードに変わった街並み。

そして気になるのは……女性が着ている衣装《いしょう》。

私も昨日と同じ民族服を着ているのだけれど、今日皆《みな》が着ているのはそれじゃない。

昨日まではそんな人いなかったのに、今日は皆……。

「な、なんで皆さん、お腹《なか》が出ているのですか⁉」

「……どうやら祭りの日は、女性はあれが正装のようだな。まぁ観光客なのは一目瞭然《いちもくりょうぜん》だろうし、とやかく言われることはないだろう」

胸下までのぴったりとした上着。腰《こし》からのスカート。たくさんの装飾《そうしょく》でちゃらちゃらという音がするほどだが——おへそが……出ている。

見慣れぬ姿に自分が着ているわけでもないのに恥《は》ずかしくなり、目をそむけたくなってしまう不思議。

この国の人は、日に焼けた褐色《かっしょく》の肌《はだ》の人が多いので、私たちが観光客だと大体分かる。

気にしない、気にしない……と念じながら、歩き始めた。

今日はターニャたちは別行動。二人っきりでのデートだ。

とはいえ、少し離れたところに護衛はこっそりいるのだけど。

お祭りは大変賑《にぎ》わっていて、昨日とは桁違《けたちが》いの人混《ひとご》みだし、すべての出店がオープンしていた。レオン様が私の腰をしっかりと抱き、はぐれないように配慮《はいりょ》してくれている。私もレオン様にピタリとくっつく。お互い服が薄《うす》いため、少し落ち着かないのだけど。

「クリスティーヌ、あれ飲んでみるか？」

レオン様が指でさしたのは、ずらっと並んだ列の先にある、カラフルな層になっている飲み物。看板を見ると、『レインボーリフレッシュ』と書かれていた。

「レオン様、でも……すっごく並んでますよ？　良いのですか？」

「イヤか？」

私は首を横に振《ふ》ったが、なぜ尋《たず》ねたのかというと、基本的に行列に並ぶという行為《こうい》をしたことがないからだ。使用人たちがしてくれるし、私は静かなところで待っていて、それを手に入れるだけ。

「並んでも良いものなんですね……」

「……ふっ！　本当に市井《しせい》にお忍《しの》びをしたことがないんだな？」

「その言い方ですと、レオン様はかなりあるようですね？」

列に並びながら、私は口を尖《とが》らせる。

――どうせ真面目《まじめ》ちゃんですよ。

「またかわいい顔して」

つんつん、と頰《ほお》をつつかれた。

ははは、と太陽の下で笑うレオン様がまぶしい。

ふと我《われ》に返り、きょろきょろと周りを見回した。誰《だれ》かに見られたんじゃないのか、と。

普段閉鎖空間《ふだんへいさ》でしか、レオン様はこんな顔やこんなセリフを言わない。いや、見られても別にいいのだけど。ただ、私だけの笑顔《えがお》であって欲しいという独占欲《どくせんよく》が湧《わ》いてしまった。

離《はな》れたところの壁際《かべぎわ》の邪魔《じゃま》にならないところで、護衛が二人、直立不動で立っていた。大丈夫《だいじょうぶ》、聞かれてないと安堵《あんど》していたが……。

この二人が「……甘っ」「今、ツンッてしたぞ、奥様のほっぺ。ツンッて」「青空の下でデロデロに微笑《ほほえ》む旦那《だんな》様。怖《こわ》い」「怖い。奥様に甘すぎて怖い」「……旦那様、人間だったんだな。てっきり聖導具で動く人形かなんかなのかと疑ってた」「寝《ね》なくても平気だしな」と口をほとんど動かさず話していることなど――当然のように私は全く知らなかった。

長いこと行列に並んだ結果、レインボーリフレッシュを手に入れた。飲むとシュワッとさわやかな味が喉《のど》を抜けた。

レインボーという名の通り、層によって味も違《ちが》い、大変美味《おい》しい。

「レオン様も！　飲んでみてください」

カップを差し出したら、レオン様はそのまま顔を近づけ、私が手に持ったままのジュースをそのまま飲んだ。

「……っっ⁉」

手渡《てわた》そうとしただけなのに、そのまま飲まれた！

顔が近くて、心臓が飛び跳《は》ねる。私の腰に回した手を一切緩《いっさいゆる》めることなく屈《かが》みこんだレオン様の肩《かた》が、チラリと見えた。昨夜の私が残した噛《か》み痕が目に入り、一気に顔が赤くなった。視線がきょどきょどと宙を漂ってしまう。

「ん、なかなかうまい……どうした？」

真っ赤な顔した挙動不審《ふしん》の私を、レオン様が覗《のぞ》き込む。

――さっきから、反則なみにキュンキュンくることばっかりされてるんですが⁉

計算ですか。やっぱり計算ですか、これ！

「さすが……策略家のやることは違いますね」

「……は？」

照れ隠《かく》しで努めて冷静に言った私（だが顔は赤い）に、レオン様が心底意味が分からなそうに首を傾《かし》げた。

いくつかの出店を見て、購入《こうにゅう》して、その場で食べて。貴族とはとても言い難《がた》いおこないを散々したけれど……とにかく楽しかった。

西の空がオレンジ色になり、陽《ひ》が沈《しず》もうとしている。ふわりと吹《ふ》いた風が心地《ここち》よい。

人混みの中、レオン様は私の腰をしっかりと摑《つか》んで放さない。人の多さに慣れない私が前方不注意で通行人にぶつかりそうになると、すぐにグイッと私の身体《からだ》を引き寄せ、抱き込む。

彼の胸に身体が密着する。レオン様本人は自然体でなんの意図もなさそうなのに、私はさっきから何度も胸が高鳴ってしまって。

「あ、ありがとうございます……」

「いや。人がさらに増えてきて、さすがに歩きづらくなってきたな。そろそろ人の少ないところに移動するか」

私は手に持った小さな紙を見ながら、言った。

「これ、十枚溜《た》まったら案内所に行けと言ってましたね」

「すでに三十枚か。せっかくだから行ってみようか」

このお祭りの出店で何かを購入するたびに、金額に応じて抽選券《ちゅうせん》と呼ばれる小さな紙がもらえた。十枚ごとに『くじ』が出来るらしい。

我が国のくじといえば、箱の中にたくさんの紙が入っていて、その中に手を突《つ》っ込み、一枚引くもの。

けれどこの国のくじはどうやら違うらしい。

長い行列に並び、もうすぐ順番というところで、ようやくくじをしている様子が見えた。

ガラガラと先ほどから音がするな、とは思っていたけれど。

「なんでしょう、あれ」

「……あのハンドルを回すことで中から玉が出て、その玉の色でくじの商品が変わるようだな。――面白《おもしろ》いな」

八角形の木製の箱にハンドルがついている。それを回すと、中に入った玉がガラガラと音を立て、そのうち、一つだけ玉が出てくる仕組み。

大きな紙に『一等　金色　宿泊《しゅくはく》券』など、何色がなんの商品かということが提示されていた。

「分かりやすいですし、音と動きで普通《ふつう》のくじよりもワクワク感が増しますね」

「子どもは特に好きそうだな」

これは何かに使えそうだな、ときっとレオン様も思ったことだろう。

ガラガラと音がし、カランカラン！　と大きなハンドベルの音色と共に「おめでとうございます！」の声。当たるとあのベルが鳴るらしい。

ようやく私たちの番。

「全部で三十枚なので、三回のくじ引きとなります。ではどうぞ！」

ニコニコと笑顔の店員さんたちが、抽選機を回すように促《うなが》す。

「ほら、きみがやって」

「え!?　私ですか？」

「皆《みな》並んでるから早く」

「は、はい」

レオン様に促されるまま、ガラガラと勢いよく抽選機を回した。二回転ほどハンドルを回すと、コロン、と白い球が出てきた。

「ああっ、白ですね。残念、はずれです」

店員さんが困ったように笑って、「あと二回、どうぞ」と言った。

次こそは……！　と意気込み、今度はゆっくり回してみよう……なんて思いながら、回す。一回転目でコロリと玉が出てきてしまった。

——また、白。

なんかすっごく悔《くや》しいし、申し訳ない気持ちになる。

「レオン様、最後やってください……」

「いや、私はいいよ」

「やってくださいっ。私、もう駄目《だめ》です」

申し訳ないけれど、全部外す責任を負いたくない……という打算的な気持ちがちょびっとある。

そういえば、くじで何か良いものが当たった経験など皆無《かいむ》だった。

くじ運が悪いのかもしれない。

私が情けない顔をしていたからか、レオン様は仕方がないなと微笑み、ガラガラと回した。

……レオン様と抽選機。あんまり似合わないな、なんて思っていたら。

「――大当たり～～っ！」

カランカランカランッ！　と軽快なベルの音と共に大きな歓声《かんせい》が。

出てきた玉の色は――ピンク。

「ヴァイオレット王女賞です！　おめでとうございます～っ！」

あれよあれよと商品の説明がなされ、通りの端《はし》の大きなブティックに行けと封筒《ふうとう》を持たされた。

どうやら、今は亡《な》き、傾国《けいこく》の美女とまで言われたヴァイオレット王女がお祭りで着ていた衣装《いしょう》を再現したものがもらえるらしい。

「レオン様、すごいですね！　大当たりだなんて」

大当たりという言葉自体がなんだかもうすごい。熱気冷めやらぬという感じで、心が躍《おど》る。くすりと笑ったレオン様が私の腰《こし》を抱《だ》き、歩き始めた。

「では行こうか」

「え、今から行きますか？」

「着ないのか？」

「いえ、あの……」

「せっかくきみのために当てたのに？」

……いや、きみのためもなにも、ただの偶然《ぐうぜん》でしかないだろう。本当に口がうまい。

まぁ私が気になっているのは……お祭りの衣装ということ。ただの杞憂《きゆう》ならいいのだけど。

とはいえ——。

「そう、ですね。せっかくレオン様が当ててくださったのですからっ」

ムンッと気合を入れ、目的のブティックに到着《とうちゃく》した。

ガラス張りの店舗は、この近辺でもかなり高級な店の部類に入るだろう。高級感漂《ただよ》う内装、陳列《ちんれつ》も清潔そのもの。

封筒を店員に手渡《てわた》すと、彼女たちは私を見て満面の笑《え》みを浮《う》かべる。

「まぁっ！　おめでとうございます！　こんなに素敵《すてき》な方に当たるなんて……絶対にお似合いになりますわ」

「なんてきめ細かい肌《はだ》ですこと。早速着替《さっそくきが》えましょう」

「腕《うで》によりをかけますわぁ」

三人の勢いに呆気《あっけ》に取られている間に奥の試着室に連れて行かれ、着替えさせられた。

そして――私の杞憂は現実となる。


「お待たせしましたぁ！」

店員の一人が試着室の扉《とびら》を開けた……けれど、私はとてもではないが出ていく勇気がない。

チラリと顔を出してみると、レオン様はもちろんのこと――ターニャたちもいる。

いつもの護衛たちもみんな揃《そろ》ってる。なんで。

いやいや、本当に無理だと思う。

私に着こなせるものじゃないと思う。

「ほら、行きますよ」

「他国の方なのにこんなにお似合いになるなんて……嫉妬《しっと》してしまうほどですわ」

無理矢理《やり》引っ張られ、ポン、とその場に出された。

この店員三人、なんだかんだでかなり強引《ごういん》。着替えてる最中も、何度も「無理です！」と言ったのに、全く聞き入れられなかった。

皆が一斉《いっせい》に、私を凝視《ぎょうし》する。

ターニャが身動き一つせず、ゆっくりとまばたきをしている。

口をポカンと開けている人もいる。

レオン様にいたっては、ひたすらこちらを目を見開いて見ているだけで、何の表情も読み取れない。

白とベージュのドレスは、繊細《せんさい》に刺繍《ししゅう》が施《ほどこ》された総レース。胸下までの短いトップスも、かわいらしい模様のレースで縁取《ふちど》られている。頭から後ろに着けるベールも、すべて刺繍が入り。スカート部分は、波打つように幾重《いくえ》にもレースが重ねられていた。

そして……なんと言ってもアクセサリーの数々。

どこもかしこも連なるような細いチェーンがふんだんに使われている。頭を飾《かざ》るアジーリィも細いチェーンの組み合わせで、まるで星が舞《ま》い降りてきたかのよう。

——とはいえ、お腹《なか》が！　出ている!!

そして完全に衣装に負けている！

恥《は》ずかしさのあまり顔は熱いし、視線が定まらない。レオン様の反応が怖《こわ》くて、すぐに目を逸《そ》らしてしまった。

「や、ややっぱり私には似合わないので着替えて」

踵《きびす》を返そうとしたところ、パッと手首を掴《つか》まれた。

「全員、回れ右っ！」

「「「はいっっ！」」」

レオン様が珍《めずら》しく大きな声で皆に命令をした。一斉にくるりと反対を向いたうちの使用人たち。教育が行き届いている。……騎士《きし》隊か何かだろうか。

呆気に取られていると、レオン様が私をひょいと横《よこ》抱《だ》きにした。

「ひゃっ」

「ターニャ、上着」

「はい」

すぐさま横抱きにされた私に、ターニャが持っていたレオン様の上着がかけられた。

――なんで？

「それでは……店主、世話になった。素晴《すば》らしい装《よそお》いだ」

「あ……はい。こちらこそ、ありがとうございました」

ポカンと口を開けている三人に私もお礼を言い、落とされないようレオン様の首にしがみついた。

——すっかりと陽《ひ》が落ち、空は暗くなったけれど、出店はそれぞれ色とりどりのランプがつけられ、幻想的《げんそう》な雰囲気《ふんいき》を醸《かも》し出していた。

私は結局、抱っこされたまま人混《ひとご》みを進む。

護衛やターニャたちが周りをしっかりと囲み、私たちはひと塊《かたまり》の集団となってしまっていた。

「レオン様。通行の妨《さまた》げになりますし、重いでしょうし！　私歩きますので」

「黙《だま》って」

レオン様、ちょっとお顔が怖い。

衣装が似合わな過ぎて？　お腹出してるからはしたないと思われて？

シュンと意気消沈《いきしょうちん》した私に、隣《となり》をスタスタと歩いているターニャがため息交じりに言った。

「奥様……こればかりは仕方ないです。破壊力《はかい》がすさまじすぎました。旦那様《だんな》もこれほどまでとは思わなかったのでしょう」

「破壊力……？」

「私の口からはこれ以上は……。旦那様にお尋《たず》ねください」

ふぅ……ともう一度ため息をついたターニャは、前を見つめひたすら歩く。

旦那様にと言われても、レオン様の張りつめた空気により私は彼に質問できない。チラッと覗《のぞ》き見ても、一切《いっさい》の表情をそぎ落としているのだから。

ホテルとも違《ちが》う方向に歩いていく。一体どこに行くつもりなのかと思っていたら。

──着いたところは海辺の桟橋《さんばし》だった。

「レオン様、ここは？」

「もうすぐ花火が上がるだろ？　人のいない舟《ふね》から見ようと思って手配しておいた」

私を地面にそっと下ろしたレオン様は、「まだちゃんと上着かけておくように」と言った。これはやはり私のこの姿が見苦しいのだろう。

だぼだぼの上着を肩《かた》にかけ、お腹が見えないよう、しっかりと前を合わせた。

私だってこの格好は恥ずかしい。似合わなさが情けないし、いたたまれない。

やっぱり……断固拒否《きよひ》して着なければ良かった。

海には小さな舟がポッポッと浮かんでいる。

舟のサイドには、落下防止に装飾《そうしょく》が施された木製の手摺《てす》り。一部分のみ覆《おお》う屋根は、赤いカーテンが束ねられていて閉めることで外からの視界を遮《さえぎ》ることも出来るのだろう。小さなテーブルにはフルーツと飲み物が用意され、サイドに沿うように椅子《いす》が造りつけられていた。

天井《てんじょう》からオレンジ色のランプが吊《つ》るされていて、光が海に反射し、非常に美しい。

それとは別に、舟の先端《せんたん》には小さなランプがついていた。

レオン様に支えられながら、小舟《こぶね》に乗り込む。

皆一緒《みないっしょ》に乗り込むのかと思ったら、ターニャたちや護衛たちもそれぞれの舟に乗ってしまった。今この舟に乗っているのは、私とレオン様。そして船頭と、その横に護衛が一人。

レオン様と横並びに座ると、緩《ゆる》やかに舟が進み始めた。

「二人ですか？」

「イヤか？」

「イヤじゃないです！」

きっぱりと力強く言った私に、レオン様がクスッと笑ったから、釣《つ》られてへにゃりと顔が緩む。

舟に乗り込んですぐに、レオン様は前方の船頭たちと私たちの間のカーテンを閉めていた。

「ひと気のない方へ」

「承知しました」

レオン様の指示に、船頭が静かに返事をした。

このカーミス王国の海は基本的に凪《な》いでいる。穏《おだ》やかな海面に満月の柔《やわ》らかな光が広がり、小舟のポツポツとしたオレンジ色の光がアクセントを加えていた。小舟はほとんど音を立てずに水面を滑《すべ》る。

レオン様がジッと私を見つめたあと、私だけに聞こえるよう、耳元で囁《ささや》いた。

「クリスティーヌ。上着脱《ぬ》いで」

「……え？」

「しぃ……。会話が前に聞こえてしまうだろ？」

裏返った声を出してしまった私に、彼は人差し指を口元に持っていき、ニッと口角を上げた。

その仕草がなんとも妖艶《ようえん》で。今レオン様が着ている民族服は露出《ろしゅつ》が多く、相乗効果で妖艶度アップ。

「いや、でも……」

瞬時《しゅんじ》に私の顔が赤くなる。暗くて良かった。きっとバレてない、はず。

「見せて」

「……変ですし」

視線を落とした私に、レオン様が申し訳なさそうに苦笑《くしょう》した。

「……私が無言だったからだな？　悪かった」

彼は私の肩を抱き寄せ、こめかみに口づけをする。

「そんなにも艶《あで》やかで美しくなるとは思っていなかったんだ。かわいくて誰《だれ》にも見せたくなくなるほどに——よく似合ってる」

何度もすり寄ってくるレオン様に、私は目を丸くした。

他《ほか》の人に、見せたくなかっただけ……？

「……変じゃないですか？」

「かわいすぎる。きみのためにあつらえたかのようだし、絶対に誰よりも美しい」

「お腹出てて、はしたなくないですか？」

「はしたないなどまったく思わない——が、その場で押し倒《たお》したくなって困った」

「……っっ!?　——そ、そうですか……」

あまりの恥ずかしさと動揺《どうよう》に、彼から顔をそむけた。

他の舟の光が小さく見える。随分《ずいぶん》と離《はな》れたところに来たようだ。

「クリスティーヌ。本当にかわいかった。ゆっくり見たいんだ。——見せて？」

耳元で響《ひび》く、低いテノールの声。さっきからぞくぞくしてしまって仕方がない。

「レオン様、ずるいです」

私がそう言われたら断れないって知ってるくせに。

「……クリスティーヌ」

追い打ちをかけるように、耳にキスをされた。

もうっ！　いたずらばっかりするんだから！　とレオン様に顔を向けると――すっごく優《やさ》しげな目で、こちらを見つめていたから。

私は羞恥心《しゅうちしん》でいっぱいになりながらも、おずおずと上着を脱いだ。

レオン様が手を伸《の》ばし、後ろのカーテンを引く。今この舟は一番先頭にぽつんと浮《う》かんでいて、前後さえカーテンで仕切れば、誰からも見られることはない。

それでも恥《は》ずかしくてたまらないのは、ジッと見つめてくる彼の視線。

目が合うと、レオン様がふわりと微笑《ほほえ》んだ。

慈《いつく》しむように。愛《いと》おしそうに。

その後、私の肩を抱《だ》き――啄《ついば》むようなキスをしながら、耳元で延々と私を褒《ほ》め続けるという暴挙に出た。

「……もっ、やめてください……っ」

「いや、まだ褒め足りない。大体どうやったら私がこんなきみの姿を見て、嫉妬《しっと》しないと思えたんだ？　普通《ふつう》分かるだろう？」

耳元から頰《ほお》、首筋へ。次々にキスが下りていく。

「……っ、ん！」

「大きな声を出したらバレてしまうよ？」

懸命《けんめい》に声を抑《おさ》える。そのうち、「やはり……私以外がこれを見るのは許せないな」とか言って、お腹《なか》に思いっきり吸い付いた。

白いお腹に、赤い痕《あと》がつく。これでは……もうお腹を出して歩けない。見せびらかしたいという気持ちは元々微塵《みじん》もなかったけど。

「レオン様……っ」

「ここのお返しだ」

にやりと笑ったレオン様は、自分の肩を指し示す。

それは私が思いっきり噛《か》んで歯形がついてる場所で。

「先ほどのブティックで他の店員に『熱烈《ねつれつ》ですね』と言われたぞ？」

ニヤニヤとするレオン様。私は身体《からだ》に火がついたように赤くなる。

確かに歯形に比べたら、お腹のキスマークなんて大したことないかもしれないけども!?

——悔《くや》しさでいっぱいになった私は、わざとらしくにっこりと微笑む。

レオン様に向け、両手を広げた。抱っこして、の合図。

彼は目を細め、私を膝《ひざ》の上に乗せてくれた。その頬に私からキスをする。

これは、罠《わな》だ。

レオン様が私の肩に頭をぐりぐりし始めたら、今度は反対の肩を噛んでやる！

私はその機会を虎視眈々《こしたんたん》と狙《ねら》っている。

レオン様が優しげに目を細め、私を抱きしめ――――。

ド――――ンッ!

夜空に大輪の花が咲《さ》き、水面にもそれが反射する。
あまりにも幻想《げんそう》的な美しさに呆気《あっけ》に取られていると、頬に手が添《そ》えられ、レオン様の唇《くちびる》が……そっと重なった。
優しくて、熱くて、深くて、とろけるようなキス。

――噛みつくのは……また今度にしようと思う。

あとがき

月白《つきしろ》セブンです。この度《たび》は『契約婚《けいやくこん》した相手が鬼宰相《おにさいしょう》（略）』二巻をお手に取っていただき、誠《まこと》にありがとうございます。

二巻、楽しんでいただけたでしょうか？

一巻に引き続きイラストを引き受けてくださった鶏《とり》にく先生。一緒《いっしょ》に方向性を考えてくれた前担当様。盛り上げ、楽しく書かせてくれた現担当様。この本の制作に携《たずさ》わってくださった全《すべ》ての皆様《みなさま》に心からの感謝を申し上げます。

そして読んでくださった皆様のおかげで二巻発売となりました。本当にありがとうございました。二巻でも笑顔《えがお》になってもらえることを願って――。

月白セブン

「契約婚した相手が鬼宰相でしたが、この度宰相室専任補佐官に
任命された地味文官（変装中）は私です。2」の感想をお寄せください。
おたよりのあて先
〒102-8177　東京都千代田区富士見2-13-3
株式会社KADOKAWA　角川ビーンズ文庫編集部気付
「月白セブン」先生・「鶏にく」先生
また、編集部へのご意見ご希望は、同じ住所で「ビーンズ文庫編集部」
までお寄せください。

契約婚《けいやくこん》した相手《あいて》が鬼宰相《おにさいしょう》でしたが、この度《たび》宰相室《さいしょうしつ》専任《せんにん》補佐官《ほさかん》に
任命《にんめい》された地味《じみ》文官《ぶんかん》（変装中《へんそうちゅう》）は私《わたし》です。2

月白《つきしろ》セブン

角川ビーンズ文庫　24350

令和６年10月１日　初版発行
令和７年６月30日　再版発行

発行者――――山下直久
発　行――――株式会社KADOKAWA
〒102-8177　東京都千代田区富士見2-13-3
電話 0570-002-301（ナビダイヤル）
印刷所――――株式会社KADOKAWA
製本所――――株式会社KADOKAWA
装幀者――――micro fish

●お問い合わせ
https://www.kadokawa.co.jp/（「お問い合わせ」へお進みください）
※内容によっては、お答えできない場合があります。
※サポートは日本国内のみとさせていただきます。
※Japanese text only

ISBN978-4-04-115441-0 C0193 定価はカバーに表示してあります。　◆◇◇